私の肖像画 いろいろありました

日本体育大学理事長
松浪健四郎

產經新聞出版

膵臓がんを手術し、退院。「医療用かつら」を着用して復帰　＝2018（平成30）年12月、東京・深沢の日本体育大にて

はじめに

還暦を迎えたと思ったら、あっという間に古希を迎えて久しい。日本体育大学（以下、日体大）の理事長として、この母校の発展に取り組んでいた矢先、膵臓（すいぞう）がんに襲われたが、九死に一生を得た。幸運だったとつくづく思うのだが、私の人生そのものが幸運だったと回顧する。自分のやりたいこと、したいことを躊躇することなく実行し、周囲の人の迷惑を顧みもせず、猛進するばかりであった。私らしいといえば、私らしいのだが。

療養を終えて職務復帰した頃、産経新聞社から『話の肖像画』の連載の話をいただいた。私の話など読者の期待に応えるに相応しいとは思わないが、ある意味では波瀾万丈の人生、その生きざまは特異で小説的ですらあると言われてみると、取材を断る理由はなくなった。2週間、10回の連載だという。担当してくれた今堀守通記者（当時。現・秘書室長）のインタビューを受けることから始まった。膵臓がんの手術後から1カ月超にわたる長時間のインタビューで、かなりな原稿量に達した。

連載は1月後半から計10回であった。しかし、新聞のスペースの問題で、すべてを掲載するのは困難であった。それでも連載が始まると、全国の知人・友人から「面白い」という電話、反響の大きさに驚かされた。かつて日本テレビの『いつみても波瀾万丈』という日曜の午前に放送された番組に取り上げられ、出演した経験もあるが、私の人生は他の人生とは異なるらしい。その自覚がないにつけても、己の人生の記録をまとめておく必要にも駆られた。

今まで私は何冊も上梓してきたが、家族のことについて記述したことがない。しかし、自叙伝的著作ともなると、家族の影響を受けたのだから、その人間模様について書かねばならなかった。とりわけ個性的な父については詳細に書くことにした。今堀記者のインタビュー原稿に加筆して一冊にまとめようと努めた。が、独りよがりの文章になっているかもしれない。己自身のことを忠実に記述するのは難しいのだ。

小中高校時代の話題にはあまり触れなかった。これという思い出がないからである。親元・家族と別れて寮生活の日体大時代、寮の厳しいルールに支配され、先輩と後輩の関係を教えられた。私の本当の修業は、この寮生活から始まったといえる。早朝からのハードなトレーニング、10キロを超すランニングが終わると掃除。食事は麦メシに味噌汁、沢庵漬だけ。それでもチャンピオンになる者が多数いたのだから、栄養学よりも「根性」だったのだ。そんな時代こそが、私たちの青春時代であった。

単純な日々を送っていると、将来のことをよく考える。「留学をして国会議員になる」と同級生たちに語ると、彼らは私のことを「ハッタリマツ」とか「ホラマツ」と命名してくれた。

教員養成大学の日体大生にとって、私の思考は異常に映ったのである。ともかく熱心に授業に出席し、レスリングの練習に取り組んだ。「芸は身を助ける」のだから強くならねばならなかった。

レスラーとして頭角を現してくると、次から次へとプログラムが眼前に提示され、想像もしなかった方向へと進む。学生結婚だったとはいえ、妻・邦子にとっては波乱に満ち満ちた日々の連続となった。文句の一言も吐かず、私と運命を共にしてくれた。財産も金もなかったけれど、他人には負けないバイタリティーだけはあったと思う。でも、先の見えない人生行路であり、何の保証もなかったのだ。

私なりに戦略を練った。知的社会の人間にならなければならない。第三者から信頼される職業に就かねばならない。学歴は邪魔にならないから、許される限り高学歴を身につける。まさか、私自身が大学院の博士課程まで進学するとは考えもしなかったが、米国留学でその必要性を学んだ。結局、その体験もテンプラの衣のように役立ったばかりか、私を学者へと転じさせてくれた。レスラーから学者・研究者になるなんて想定外であったし、そんな素質なんてあるとは思ってもみなかった。時代のイタズラだったのかもしれない。

政治家になる夢は、どんな状況下でも捨てはしなかった。その手法は、オリジナリティーに富んでいたかもしれないが、二代目でない若者が独力で政界に入り込むには、他に方法が思い浮かばなかった。それでも政界入りがほぼ10年遅れた。その焦りが、政治家としての私にあったのかも知れない。計画通りにことが運ぶときもあれば、大失敗になることも多々あった。が、夢は持ち続けたのである。

政治の師匠である二階俊博先生の指導は、政策づくりと政界遊泳術。与野党を問わず、多くの政治家と交流をしてきた結果、議員立法の提案者に選考される機会が他議員に比して多かった。議員冥利に尽きる活躍もさせていただいた。二階先生は、私のことを大切にしてくださったが、才能は教育界にあると読まれたのか、私を政界に戻してくれなかった。しかし、私は、それで良かったと考えているし、日体大という母校を世界一の体育大に発展させたいという目標を持つに至った。

加えて、民間人であるからこそ世界平和のために行動できる一面もある。北朝鮮とのスポーツ交流は、オリンピックを開催しようとする国が、オリンピックムーブメントに基づく考えを重視しているという証明であった。日体大が先頭に立ち、大学の建学の精神の中のミッションである「スポーツを基軸に国際平和に寄与する」実践を、スポーツ交流で見せねば、日体大の存在価値がなくなる。

私には、第二の母国であるアフガニスタンの和平問題もある。すでに40年以上も内乱に次ぐ内乱、テロ攻撃もあり、その悲劇は書き尽くせない。平和のためにどんな協力ができるのか、たいしたことができなくとも、この国の問題を風化させない必要がある。

平和という大きな問題ではあるが、オリンピックは「平和運動」なのである。単にメダルの争奪戦ではないのである。私たちは平和ボケしているかもしれぬが、2020年東京オリンピック・パラリンピックの開催を機に平和について考え、行動すべきだ。

私立大で不可能とされる高等支援学校を、オホーツクの潮風を受ける北海道網走市に設置した。この日本初の学校を創ることができたのは、学校好きの父の血が騒いだからであろう。理論武装から資金づくりまで、理事長の私の右腕として協力してくれている今村裕常務理事の活躍が大きく、ついに開校することができたのである。この学校は、歴史的な施設で共生社会のシンボルとなるに違いないと期待している。

日体大は、理事長就任時は体育学部1つだけだった。現在では5学部、大学院も3研究科をもつ。「身体に纏わる文化と科学の総合大学」へと変化した。スケールメリットは大きく、運動部も強化されつつある。学部学科の設置は一筋縄ではいかない。今村常務が大学に寝泊まりしながら頑張ってくれたし、文部科学省との交渉にも当たってくれた。私が一人で改革したのではなく、大学と法人の関係が、どの大学よりも良好であったからできたといえる。

まだまだ日体大の挑戦は続く。私の人生の最後の仕事だと意識している上に、私でなければできない一面も多々あるのだ。健康に注意して母校発展のために、私の人生を捧げたいと決意している。
最後に、この本は体験談を綴ったものであるかもしれぬが、一人のアスリートが志を持って挑戦していく物語でもあろう。どんな人にもチャンスはあるが、それをチャンスだと感じない場合が一般的である。周囲の人たちが反対したり、自身が取り組む考えを持ったりしないこともある。たった一度の人生、思うがままに、それがたとえ冒険であったとしても挑戦してほしい。私などは、その能力を無視してでも積極的にやりたいことに取り組んだ。この本は、その失敗例と成功例の羅列でもある。

令和元年7月1日

松浪健四郎

私の肖像画「いろいろありました」　もくじ

写真提供　産経新聞社
肩書は原則、当時のものとした

人生の原点は父

1946（昭和21）年10月14日、大阪府の泉南地域、泉佐野市で生まれた。父は庄造、母は佐代子。4人兄弟の4番目の男だったので「健四郎」という名になった。

泉佐野市上瓦屋（かみかわらや）が私の本籍地。この地区は「松浪」という苗字がやたら多く、たいていは屋号を用いていた。わが家の屋号は「権久（ごんきゅう）」で、私のことは「権久のおとんぼ（末弟）」と呼ばれていた。

祖父は博労（ばくろう）（馬の取引業者）だった。「権久」は名門ではなく、元々は小作農だったらしいが、酒屋を営んだ後、博労に替わったらしい。博労で重要なのは情報。そして商売の才覚だろう。祖父は但馬牛の子を買い、泉州地方の動きの鈍い大きな牛を下取りしてよく働く子牛を売る。大きな牛は三重県の松坂方面へ運んで売っていたそうだ。実家の門は馬にまたがってもくぐれるほど高く、門の左右には馬小屋と牛小屋が並んでいた。祖父が博労をやめてしまうと、小屋は私たちの遊び場となった。

父は、紡績会社の茶酌みをしつつ夜学の高校を出た。そして立命館大と関西大（以下、関大）の夜間に通って卒業し、税理士と計理士（現・公認会計士）の資格を手中にする。泉州地方は紡績会社の糸で織る綿布やタオルといった織物の家内産業が盛んで、父の会計事務所は大いに繁盛した。父は「資格社会、免許社会だから、それを手にするためには学校へ行く必要がある」という考えの人だった。

大阪学院大の前身である関西簿記研究所の設立に関わり、家内産業の子弟に簿記や税法、商法等を教える学校「大阪経理専門学校」も設立した。専門学校は多くの生徒を抱えていたが、高校教育が一般的になると生徒数も減少。近畿大通信教育部ともなったが、父の死後、学校は募集を中止した。

そういう私は、実は珠算2級である。理事長を務める日体大の職員らに「数字に強い」と言われているほどなので、自慢していいのだろう。もっとも、小さいときからそろばんの前に座らされ、父に相当しごかれた時代があったことは言うまでもない。

長兄は、後に大阪府議になる啓一。啓一の長男・武久は早稲田大（以下、早大）出の税理士で、泉佐野市議を経て府議を務めている。次兄は京都大（以下、京大）を卒業後シャープの中央研究所に勤めた光雄。その長男は早大を出て産経新聞記者から衆院議員に転身し、現在は府議になった健太。3番目の兄は、兄弟の中で一番の秀才だったが、8年かけて大阪外国語大（現・大阪大外国語学部）を卒業して税理士になるという異色の経歴。剣道と囲碁ばかりの人生で、父の事務所を引き継ぎ、終生独身を通し、私の選挙の大スポンサーだったが56歳で鬼籍に入った。私たち兄弟は仲が良く、一族の団結が強い。

私は、文字通りのガキ大将であった。ケンカも相撲も強く、野球も好きだった。父は小学1年から警察署の道場に私を通わせた。長兄と自転車で毎晩ジャリ道を通って汗を流しに行く。冬は寒くても休むことなく熱心に練習したが、毎晩投げられるばかりであった。次兄は泉佐野市の北隣、貝塚市の大谷晃道場で柔道を習っていた。父はなぜか、兄弟の道場を別々にした、次兄も強く、京大在籍時はポイントゲッターとなった。

父は泉佐野市議を務めたことがあった。市議2期目のとき、地元で大きな問題が起きた。私が小学生から中学生になる頃だったと思う。京大が隣の熊取町に原子炉実験所（現・京大複合原子力科学研究所）を設置する、という話が持ち上がったのだ。

住民は「原子力」と聞いただけで「放射能」や「原爆」を想像して反対した。反対の声が出るのは、それはそれでやむを得ないことではある。そういう中で、父は「原子力の研究は日本にとって将来必要なものになる」と賛成した。このとき、次兄がたまたま京大工学部に在籍していた。父は住民から「原子力賛成とはけしからん」とか「京大から便宜供与があったんやないか」とか思われたのだろう。次の市議選で落選してしまった。その後、大阪府議選にも挑戦したが当選できず、二度と議員バッジを付けることはなかった。

周囲の父への評価は厳しいものだったといえる。しかし、票にならないことであっても、将来を考えて判断した父を私は密かに尊敬するようになった。目先の利益にとらわれず将来を見据えて動いた父の政治姿勢は、私が政治家を志す原点になり、その後の私の活動のすべてに影響していったと言って、過言ではない。

父の政治生命を奪うことになった京大の研究所は、医学の面でも貢献していく。熊取町は「原子力施設等立地地域」に指定され、国や府からさまざまな支援を受けたし、大阪体育大や大阪観光大などが移転し、今では「学園の町」に発展している。泉佐野市には、水産コンビナートと外環道路が研究所設置の見返りとして造られることになり、このとき私は子供ながらに条件闘争なる駆け引きを学んだ。

京大の複合原子力科学研究所では、中性子を用いたがん治療研究が進んでいる。ホウ素をがん患部に注射し、そこに中性子を当てるという治療で、その効果が認められるようになってきた。原子力を用いて中性子の他に陽子線や重粒子がすでに医学の面でも役立っている。大衆は報道に扇動されて政治の方向を決めるが、冷静に将来を見据えて判断する能力を持たねばならないことも学んだ。

父は教育好きで、何年も大学に行かせてくれた。また、大学では体育会に所属させ、スポーツを奨励した。わが一族の人間は、全員アスリートである。父は心身ともにスポーツで鍛えることと、多くの友人を持つことを望んでいたようだ。スポーツの専門分野に進んだのは私だけだったが、長兄の次男の稔は早大を卒業し、日体大大学院博士課程を修了して現在は東海大体育学部教授（スポーツ史）。私の影響を受けた一人である。稔はアメリカンフットボールの選手であった。私の息子は彼にその魅力を教えられ、青山学院大アメリカンフットボール部の主将を務めた。ただ、レスラーになる者はいなかった。

私の人生は、父親の執念を貫徹するようなものだったのかもしれない。私は政治家を目指し、その夢を実現させたが、再び教育者の道に戻ってしまったのは、やはり学校好き、教育好きの血が流れているからであろうか。ちなみに息子も娘も研究者になっている。松浪家の血を継いでくれているのが嬉しい。教育好きの父は、子や孫が弁護士、医師、税理士、大学教授、国会議員になり満足していると思う。

私と妻・邦子とは学生結婚だった。周囲からはあまり喜ばれなかったが、父は賛成してくれた。常識にとらわれない個性的な懐の深い人だった。父はまた「勉強しろ」とは言わず、四兄弟で座敷で相撲を取ることを奨励していた。座敷の床が抜け、畳は荒れて母が怒っていたが、座敷を相撲場にするほど固定観念にとらわれない父だった。父は私たち兄弟の師でもあったと思う。父は私と家内の結納を済ませた後に入院し、挙式直前に鬼籍に入った。

専修大教授時代にフジテレビの「オールスター家族対抗歌合戦」に出演。左から長兄・啓一、妻・邦子、長女・千春

日体大、日本大（以下、日大）大学院へと進学した私に、父は毎月、郵便現金書留で送金してくれた。泉佐野郵便局からの送金だった。自転車に乗り、旭町の坂を登って郵便局に行く父の姿を想像すると、私は書留封筒を破って捨てることができなかった。私は、今も父からの手紙や封筒を全て保管している。幾度もテレビで公開させていただいたが、珍しく、多くの人から褒めていただいた。

当時はレスリングの遠征も合宿もほとんど自己負担だった。その都度、父に予算書を送っていたが、いつも予算よりも少し多く送金してくれた。父の愛情がひしひし伝わり、期待に応えねばならないと私なりに努力した。

わが故郷・泉佐野市

私は高校生まで泉佐野市に住んだ。泉佐野市は歴史のある泉州地方の一角にあり、史跡は多く、海から山まで、魅力的な自治体である。同時に、方言も古い言葉を残すほど特異な地域である。

子供だった頃、泉佐野市は「タマネギ」と「タオル」の生産日本一という特徴を誇っていた。それゆえ、独特の文化を持つ特殊な地帯であった。「泉佐野市出身者は声が大きい」と言われる。私もその例に漏れず、声が大きい。織機の音が大きいため、大声でなければ会話できなかったからだといわれる。

「タマネギ」の生産は兵庫県の淡路島に抜かれ、北海道北見市にも負けるようになる。「タオル」の生産では愛媛県今治市に大きく水をあけられた。人件費の問題もあったろうが、泉佐野市の都市化現象も影響した。かつて織物の街として活気があったが、周辺自治体の産業であった紡績が下火になるにつれ、織物業者も激減するようになった。工場跡は建て売りの住宅街へと転じている。

泉佐野の特産物は「水ナス」である。泉州地方の土質が「水ナス」を生むそうで、他地域では「水ナス」にはならないという。この浅漬けは有名で全国へ発送されるようになった。

政治家を引退して以後、千代松大耕（ちよまつひろやす）市長に依頼されて泉佐野市の特別顧問に就いている。

泉佐野市には沖合に関西国際空港（関空）がある。関空への連絡道路と鉄道は泉佐野市で結ばれている。

関空の建設は、伊丹空港の騒音問題が大きなきっかけだった。このため、新空港建設は当時、神戸市を含むどの自治体も騒音問題を気にして受け入れなかった。関空は自治体にとっては「お荷物」でしかなかったのだ。

関空建設に貢献したのは、当時の泉佐野市長であられた向江昇（むかえのぼる）氏だ。一方で泉佐野市は関空の玄関口として国際都市になるのだから、国際仕様である必要が生じる。国際性に対応できる立派な病院をはじめ、あらゆる面での投資が求められた。一時は大型ホテルや商業施設もできた。しかし、1994（平成6）年に開港するも、当初は利用客が伸び悩み、開発は進まなくなる。市の財政を直撃した。2本目の滑走路が建設された後も、いわゆる2008（平成20）年の「リーマン・ショック」の影響もあって市の財政を一層苦しめることになり、泉佐野市はとうとう財政再建団体に転落した。

向江氏はその後、大阪府議選に出馬した後に引退。新田谷修司（にったやしゅうじ）市長を経て就任したのが千代松市長だ。千代松市長はアイデアマンである。実現はしなかったが、市の命名権売却を考え出した。関空の連絡橋の国有化を受けて空港連絡橋利用税（関空橋税）を導入した。ほかにも地域活性化に取り組んだ。市の財政は一気に好転し、２０１５（平成27）年度でもって財政再建団体から脱却したのだ。関空の需要も、近年のインバウンド効果もあって大幅に伸び、市の活性化に寄与している。とはいえ、まだ１０００億円の借金があるのだ。

関空の２本目の滑走路建設については、私は二階俊博衆院議員とともに議員連盟を作り、政府との交渉を繰り返した。１兆円の予算であるがゆえ、一筋縄では進まない。発着量のノルマを課せられたりもした。初当選以来、ライフワークとなった関空の２本目の滑走路建設は大仕事であった。２本目が完成し、一番機が飛び立った姿を見て、政治家として達成感を覚えた。

そして、泉佐野市といえば、最近は「ふるさと納税」で注目を浴びた。泉佐野市には「水ナス」と、（かろうじて）「タオル」を除けば特筆すべき地場の名産がいまはない。千代松市長は寄付を多く集めようと研究とアイデアを重ねてきた。とうとう「ふるさと納税日本一」になり、公立学校に一つもなかったプールを相次いで設置してきた。

ところが総務省は、市長の才覚を褒めるべきなのに、「ルール違反だ」と文句を付けてきた。お礼の品は「地場の産品に限る」と指示した。それでも、泉佐野市はいろいろな品物を揃えて寄付を増やし続けた。総務省はとうとう新法でもって泉佐野市を潰しにかかった。返礼品額の比率を寄付額の3割までとする、地場産品以外を返礼品としないなどの条件を付けたのだ。市側が「後出しジャンケンだ」と憤るのは無理もないこと。この国では自治体は目立ってはならないのである。

空港建設という難問題に熱心に取り組んだ向江市長時代から、政府はそれほど市に協力的ではなかった。つまり、国という存在は、一自治体に恩返しをする機関ではないのだ。泉佐野市が財政再建団体に転落した際、どれだけ苦労したか。議会も職員も再建団体脱出のために団結して千代松市長とともに苦汁を飲まされ続けたことを総務省は理解していない。泉佐野市は、自治体がいかなる苦境に陥ろうとも国は支援してくれない事実を学んだのだ。自力で歩むしかないのも自治体なのだ。空港連絡橋の通行税にしても、国がズルをして2本目の滑走路に護岸工事をせず、市に固定資産税などをかけさせないようにした見返りである。

国は徹底して泉佐野市を目のカタキにしている。とうとう、総務省は泉佐野市を含む4自治体をふるさと納税から除外することを決めた。中央官僚が地方官僚に敗れた悔しさに映る。地方自治体を平均化させ、突出することを認めない平等主義で地方自治体を律しようとする政府、なぜ地域社会の特徴や個性を認めようとしないのか。政府の器量はあまりにも小さすぎる。各自治体で競争させようとする思考はなく、平均的であることを好む政府、それで本当に地方創生、再生ができるのか。私はできないと決めつけている。

千代松市長に対して私は特別顧問として「独自路線を歩むべし、政府の奴隷になるな」と激励している。立派な関空を持ち、そのために政府に協力してきた泉佐野市なのに、苦労だけさせられたという歴史が、わが故郷を強くしてくれた。ふるさと納税で５００億円近い金を集めたアイデアと手腕。「あっぱれ！」というしかないのだが、総務省は目をむいて怒り、狂うありさま。国民はそれでも泉佐野市を見捨てないでくれている。また、マスコミも判官贔屓（びいき）よろしく泉佐野市批判を控えてくれているかに見える。正しい姿であろう。

これまでも国に意見を述べる泉佐野市、この反骨精神が私の性格に合っている。沖縄の米軍基地問題や他地方の原子力発電所の問題と異なり、普通の自治体が再生のために努力、研究した結果、国が怒るというのは大人気ない。逆に称賛するだけの余裕のない総務省には、皆が納得できる法令を望みたい。

私たち一家は、泉佐野市に住み、誇りを持っている。この故郷が発展してくれるよう願っている。泉佐野市を応援していただければ嬉しい。

ちなみに、特産のタマネギの品種は「今井早生（わせ）」、生でサラダにして食べるのが好きだった。が、この品種は腐りやすい特徴があった。タマネギはどこに置いても根を出す。そして腐ると

泉佐野市長・千代松大耕氏と

我慢できない悪臭を発生する。これを「タマネギ根性」という。私たちは「タマネギ根性」とは存在感を示すことだと思っている。どこにいても存在感を発揮する。その根性を私も持っていたのかもしれない。泉佐野市の生まれだから。
　タマネギ小屋が田の端にあり、値が上がるまでタマネギを吊しておく。泉州地方は「ネギ師」といわれるタマネギの相場師がいて、他地方と異なった農業社会があった。青田買いもネギ師の仕事。農業がギャンブルであるかに映った。そんな特色ある地域で育った私は、独特の感性を持つに至った。

レスラーとしてオリンピックを目指す

私は小中高校と柔道に打ち込んだ。兄弟が全員、柔道か剣道をやっていたので、松浪家の決まりだったといえるだろう。

大阪府立佐野高在学中に三段に昇進し、大阪大会では無差別級でベスト8まで進んだ。公立校では私一人だけだった。指導してくれたのは、高校の先輩で朝鮮大学校を卒業した柳武男氏であった。この先輩の練習はハードであったが、私を強くしてくれた。

1964（昭和39）年、高校3年のときに開催された東京オリンピックに感激し、まずは「次のメキシコオリンピックで金」が自分の目標になった。その頃には父の姿を見て政治家が最終的な目標だとも考えていた。金メダリストとして名を売り、政治家になればいいと思ったほどだ。父の屈辱を目の当たりにした私は、何としても政治家になって父のリベンジを果たさなければならないと決意していた。

一方で、レスリングに魅力を感じる別の自分がいた。きっかけは中学生のとき、1956（昭和31）年のメルボルンオリンピックで金メダルを獲得した笹原正三さん（フリースタイル・

フェザー級。後に日本レスリング協会会長）を紹介する本を読んで感動したことだった。関大レスリング部出身の長兄も「いいぞ」と勧めてくれた。レスリングは柔道よりも競技人口が少なく、当時は高校で教わる機会はなかった。しかし、逆に考えると、レスリングの方が柔道よりもメダルに近いのではないか。競技人口が少ない上、日本のレベルは世界級にある。

「一流レスラーになってレスリングの本場、ソ連に留学する。ソ連共産党に入党し、帰国したら日本共産党に入る。しかし、日本共産党はレスラーをばかにするだろう。共産党とけんか別れして自民党に移って、国会議員になる」

こんな筋書きまで考えたほどだ。今になると恥ずかしいことなのだが……。当時の父は私によく「弁護士になれ。坊さんでもよい」と言っていた。理由は「お前は口がたつ。全国を説教して回ればいい」だった。父の忠告は無視した。

オリンピックを目指すならどの大学か。関大も考えた。というより私には「関大愛」があった。父と長兄が関大出身。当時の関大はレスリングだけでなく、野球や柔道などスポーツ部の活躍がめざましかったこともあった。今でも関大に対しては大阪の母校のような思いになるものだ。

しかし、長兄と同じ関大レスリング部の出身で、東京オリンピックで金メダルを取った市口政光さん（グレコローマンスタイル・バンタム級。後に東海大教授）が日体大を勧めた。日体

日体大に入学 ＝ 1965（昭和40）年4月

大の方がレベルが高いというのが理由。それが日体大に行く決定打になった。自分はスポーツで生計を立てるべきだとも考えていたので、一般の大学に進学するなら体育大に行くべきだと思った。卒業後に高校の体育教員になるのも悪くないとも考えた。

日体大に入学し、東京オリンピック金メダリストの花原勉先生（グレコローマンスタイル・フライ級。現・日体大名誉教授）の厳しい指導の下、グレコローマンスタイル・ライト級（70キロ）の選手として力をつけてきた。柔道経験がレスリングの近道だったといえるだろう。

しかし、柔道では経験しなかったきつい練習もあった。毎朝10キロの走り込みと、ダッシュの繰り返しだ。レスリングには柔道よりも持久力が必要とされた。柔道は相手の柔道着や帯をつかまえながら、技を掛けるタイミングを待つ競技。これに対してレスリングは相手のタイツをつかまえる競技ではない。マット上で動き回りながら技を掛けるタイミングを待つ。そのため、運動量はレスリングの方が柔道よりも多くなるわけだ。

日体大では、先輩、後輩に恵まれた。スパーリング相手に不足はなく、練習量には自信があった。特に2級先輩だった藤本英男さん（メキシコオリンピック グレコローマンスタイル・フェザー級銀メダリスト。現・日体大名誉教授）との連日にわたるスパーリングは、全日本選手権の決勝戦を戦うような激しいもので、強くしていただいた。主将の勝村靖夫さん（フリースタイル・フライ級。現・八戸工業大名誉教授）の朝練習はオリンピック強化選手なみ。これで強くならないのが不思議に思えるほどハードだった。入学時、神戸出身の松平忠雅さんが特に目をかけてくださった。関西出身のレスラーが多くなかったからである。この先輩の人間性は魅力的で、男らしさを教えていただいた。

父は上京してくると、銀座4丁目にあったステーキレストラン「スエヒロ」でステーキを腹一杯ごちそうしてくれた。学生寮の食事で肉といえばせいぜい肉じゃが。牛肉に飢えていた私にはとても貴重な食事だった。父は税理士会の役員をしていたので、毎月のように上京、そのたび肉を食べさせてくれた。

2年生だった1966（昭和41）年10月の全日本選手権で3位、3年生になった1967

（昭和42）年6月にはメキシコオリンピック代表候補の一人としてソ連遠征選手に選ばれた。オリンピック代表という当面の夢に一歩近付いたかな、と小躍りしたものである。

ソ連はレスリング最強国で、日本としては選手を強化するためにソ連は重要な相手だった。一方で、ソ連は当時、共産主義国家。『赤のカーテン』がひかれている」と言われ、日本からソ連に行くだけでもいろいろな制約がある上、誰もソ連に行こうと言わないほどで、情報がほとんどなかった。ましてや、今のように観光気分で海外旅行なんてできる時代ではなかった。1ドル＝360円の時代。遠征費用を友人のカンパなどで工面するような状態だった。

今なら10時間程度でモスクワまでひとっ飛びだが、飛行機は超高価の時代。まずは横浜でソ

1967（昭和42）年6月、横浜港にソ連遠征出発の見送りに来た父・庄造（中央）、母・佐代子（右）と

連客船「バイカル」号に乗り、カチューシャの曲に見送られてナホトカまで。これだけで2泊3日。ナホトカの入国審査の際、ソ連の官吏の態度がどれだけ高飛車だったか。「日露戦争は日本が勝利したのではなく、仲裁国があって休戦しただけだ」と。そこからシベリア鉄道に揺られての長旅。ハバロフスクに立ち寄り、領事館の職員に案内されて旧日本兵の墓地を訪れ、献花した。第二次大戦の終結からまだ20年余り。傷跡はまだ残っているとひしひしと感じた。

高校時代に市野春弘先生という体育教師がおられた。魅力的な先生で、生徒たちのあこがれの先生だった。陸上競技の先生で、幾度も佐野高を日本一に導いてくれた名物先生だった。シベリア抑留の引揚兵だった方で、雨天で授業ができないときには抑留体験を語ってくださっていた。先生の言葉をふと思い出したものだ。

船とシベリア鉄道を使っての移動は2週間ちかく。それでも当時は飛行機で行くよりも料金が半額以下だった。モスクワのほか、キルギスのビシュケク、当時は白ロシアと呼ばれたベラルーシのミンスク、ウクライナのキエフ、ウズベキスタンのタシケント……と、当時はすべてソ連だった広大な国土を1カ月かけての遠征。ツポレフTU113プロペラ機で移動したこともあった。帰国は鉄道ではなく、ちょうどモスクワ—羽田直行便が始まった直後の週1回の定期便に乗って帰国させてもらった。行きは感傷的な気分になったが、帰りになるとソ連選手と戦ったことで勇ましく成長した思いだった。

秋の全日本学生選手権に優勝し、メキシコオリンピック代表を選ぶ1968(昭和43)年3月の全日本選手権。順調に勝ち進み、決勝リーグで対戦したのが宗村宗二さん。東京オリンピックの最終予選で優勝しながら代表入りできずに悔し涙を飲んだという人であった。何が勝敗を分けたのかは覚えていないが、またもや判定負け。その時の私が相当落ち込んだことは言うまでもない。オリンピック、そして政治家の夢も断たれたか、と。毎日、相当ハードなトレーニングや練習を重ねてきたが、競技人口が少ないのを理由にメダルが近いと思って柔道から転向したレスリングの世界も、実は日本代表選手になるのは容易ではないことを思い知らされた。

実は私は、宗村さんに感謝している。宗村さんとは幾度もオリンピック強化合宿で寝食を共にした。宗村さんの身体能力の高さは特異といっていいほどで、近代トレーニング法でできるものとは思えないほどだった。どの大会の新聞の予想も「グレコ決勝は宗村と松浪の戦い」でおしまい。だが、私は一度も宗村さんに勝てなかった。多くの競技者と対戦してきたが、宗村さんに勝てると思ったことはなかった。一度負けた相手には次戦で負けることなくリベンジしたが、宗村さんだけは別格だった。彼の存在が私の将来の進路方向を決めてくれたのである。いや、私のレスラーとしての才能を教えてくれたのだ。

現在のレスラーを調査してみると、男女ともに小中学生からレスリングを始めている。私た

日体大での練習風景。攻める著者

ちのごとく、大学から始めて全日本のランキングに入るのは困難な時代になっている。少年少女のレスリングが全国的にも普及していて、日本の強化に役立っている。私たちの時代は「根性」という言葉が生きていて、「根性」がすべてであった。

日体大は教員養成を目的とする大学だけあって、全国にすでに8万人を超える体育教員を輩出してきた。どこの中学校、高校に行っても卒業生がいて、何をするにしても協力してくれた。卒業生の団結心は異常なほど強固で、他の運動部出身者であろうとも日体大卒という肩書は有り難かった。新興の大学や大きな名だたる大学の卒業生であっても、日体大の同窓生の団結心にはかなわない。それもそのはず、日体大の卒業生は、男子ならば「エッサッサ」という裸で行う集団技を全員が行うことができるので、団結する。女子はといえば、「荏原体育」という踊りを全員が踊ることができるため、これまた団結する。単に校歌や寮歌を歌うだけではなく、心を一つにする集団となっている。

レスリング部の卒業生も全国で教職に就いている。あちこちで合宿を行ったが、卒業生の協力は本当に有り難かった。しみじみと日体大に進学して良かったと思う。レスラーとして有名なメダリストを多数輩出したにとどまらず、指導者としてレスリング普及に頑張ってくれているOBたち、感謝するしかない。その一員であることを嬉しく思う。

米国で心機一転

1968（昭和43）年3月の全日本選手権に敗れた私に、翌4月の全米選手権に出場したらどうか、という誘いが日本レスリング協会から来た。オリンピックの金メダル、続いて政治家になるという夢が消えたかと落ち込んでいたときだったので、気分転換にという勧めもあっただろう。しかし、結果は残念なものに。当時のレスリングのマットは日本も世界標準も正方形。米国は現在のような円形。円形のマットに慣れず4位。またもや負けてしまったのだ。

またもや落ち込んでいたら、救いの手が来た。米ミシガン州立東ミシガン大からだった。「英語は全くできなくていいから、レスリングという一芸だけで受け入れる、学費も寮費も免除する」と。当時、1ドル＝360円、教師の初任給は約2万5000円だった。国外へ持ち出せるのは500ドルぽっきり。留学費用は、学費・寮費で年間150万円が必要とされていた。しかし、メキシコオリンピックの日本代表候補選手になり、全日本学生チャンピオン、全日本2位という戦績を評価してくれたのだ。夢を見るほどにうれしかった。日体大を休学し、競技者特待生として秋から留学することにした。留学の夢が実現したのだ。

東ミシガン大は、州東部のイプシランティという人口10万人程度の小さな町にある。米デト

米国へ出発。見送りに来てくれた勝村靖夫先輩と＝1968（昭和43）年4月

ロイトから西へ16マイル。旧師範学校として伝統のある大学だった。一方、町での私は、初めてやってきた「ジャップ」（日本人野郎）で、珍しい存在。敗戦国で敵国だった日本人の地位は低く、差別を受ける空気が充満する時代だった。

地元の新聞に私の紹介記事が小さく載っただけでも、あちこちの小学校から声がかかる。何も教えることができないので、下手な英語で折り紙を教えた。新聞を切って教材にすれば、信じられぬほど喜ばれたものだ。

私の国際交流体験のプロローグといってよい。米国人は、異文化に興味があり、それを取り込もうとする積極的な姿勢が見られた。米国とはいえ、地方の小さな町の人々は、異文化に飢えていた印象を持ち、留学生の活用に熱心なのには閉口するほどであった。

オリンピック代表選考会で私を破った宗村宗二さんは、この年10月のメキシコオリンピックで金メダルを獲得した。宗村さんは優勝を決めた後、「ベッドの中で300キロもあるカエルをつかまえた夢を見た」ことで本当に優勝できると思った、と語った。そんな宗村さんの活躍を気にせず、アメリカの片隅でひたすらレスリングと国際交流に打ち込んだものだ。

しかし、ちょっと気に入らないことがあった。全米大学体育協会（ＮＣＡＡ＝National Collegiate Athletic Association）のルールでは単位を落とすと試合に出られない。そこで大学が提示した授業科目は、すでに日体大でやったのと同じ。大学の広告塔に利用されているだけではないか、という不満がたまり、米国の名門、ニューヨークアスレチッククラブ（ＮＹＡＣ）に2シーズン目に移ることにした。

ＮＹＡＣは米国最古といわれる伝統を持つ有名なクラブ。ただ白人しか会員になれないという差別社会がなお残っていた。日本人の私はゲストメンバー扱い。差別に打ち勝つには結果を出すことだ、レスリングを磨くんだ——と意気込み、翌１９６９（昭和44）年5月の全米選手権で優勝した。

ニューヨークでの生活は、東ミシガン大と違って苛酷だった。資金援助が一切なくなったからだ。朝から夜までアルバイト漬けの生活だった。

朝6時に起きて、ダウンタウンの日本人の弁当屋で弁当づくりのアルバイト。次にブルックリンにある空手の極真会館で柔道の指導。これが終わるのが夕方6時。仕事はまだ続く。マンハッタンの日本のレストランで皿洗い。「バスボーイ」と呼ばれ、店でもめ事があると、問題の客を店から引きずり出すのも役目だった。夜中1時には住まいとしていたアパートでボイラーマン。前日のボイラーの灰を取り出し、9階建てのアパートの各階を回ってゴミを集め、ボイラーに投げ込んで火をつける。これでようやく一日が終わり。そんな生活だから、目がくぼみ、目の下にクマができたのは言うまでもない。

すべては生活のため、レスリングで全米チャンピオンになるためだ。辛いのは分かっていたが、体力でカバーした。苦しい経験も今となっては生きる糧となり、私の行動力の源泉となっている。

全米選手権で優勝 ＝ 1969（昭和44）年5月、米デトロイト

遠征で行ったソ連、そして2年近く留学した米国と、冷戦時代を代表する当時の二大国をじかに見ることができたことは、その後の人生の上で良き体験になった。

米国留学中、父は心配して幾度も送金してやると連絡してきた。だが、私は断った。甘えん坊で、金遣いの荒い私のことだから、家族が心配する様子はよく理解できたが、私は自主独立の精神を養う必要があると考え、ついに一度も送金してもらわず、アルバイトですべてを賄った。貨幣価値が余りにも異なり、日本の金銭ではもったいないとも考えた。

ニューヨークにはいろんな日本人が住んでいた。音楽家、画家、各種の研究家……。アルバイトをしながら必死に生きていて、いつか成功してやると強い信念を持つ人たちが多かった。商社マンがエリートで別格だった。密かに将来の成功を夢見て努力し、たくましく汗を流す日本の若者が多数いて、大きな刺激を受けた。野心家が海を渡り苦労する姿は日本人の凄さでもあった。互いに刺激し合っていた。アメリカン・ドリームを夢見る若者も多かった。帰国して日本で勝負しようと考える者は少なく、私は日体大復学のタイミングを見計らっていた。

ニューヨークで多くの日本人の皆さんにお世話になった。日体大OBを中心にレスラー仲間が親切にしてくれた。私にはニューヨークで金を稼ぐ気はなく、旅費ができれば帰国することを考えていた。異文化を咀嚼(そしゃく)し、少しは国際人になったような気分に浸っており、私にすれば凱旋帰国であった。羽田空港に父一人が迎えてくれたことを忘れない。

2年近くの米国滞在を終えて帰国して、日体大に復学した。1970(昭和45)年に卒業する直前に開催された全日本選手権に臨んだ。次のミュンヘンオリンピック出場を試みたのだ。ところが階級が一新され、ライト級がなくなった。減量はきついと経験済みなので74キロ級で出場したが、体重差に圧倒されて、負ける相手ではないのに2位。ここで、学業に本気になって専念しようと決意した。

最近のアスリートは、大学を卒業しても競技を続行する。オリンピックも一度ならず二度、三度と挑戦する。私など一度の失敗で転身したのは、米国留学を経験したからである。次なる時代を読めば、どうしなければならないかを考えるようになっていた。金銭に苦労し、自力で生きるパワーを身につけた米国留学生活は、アスリートだった私を異質な人間に変えてくれた。

時間を無駄にしない習慣は米国でついた。あれだけナマケモノだったのに、私は時間を大切にするようになった。留学の大きな成果だったと思う。何よりも私自身が留学したことによって国際人になることができたのが大きい。下手であっても英語力を身につけたのは、私の舞台を広げてくれた。

英語の授業を理解できずとも、じっと毎日授業に出席しなければならない苦痛は修行であった。ＮＣＡＡのルールは厳格で、文字通り文武両面を求めていた。毎夜、大学は大学院生の家庭教師を付けてくれ、図書館で英語をはじめ、各教科について指導してくれた。ただレスリングが強いというだけでは認めてくれないシステム。最高学府らしく合理的であった。

実技の授業は楽しく、特に附属のハンディキャップスクールの児童たちを教えるとき、私は障害者について考えさせられた。マット運動で、前転するだけで喜ぶ児童たち。私は全ての障害者たちにも体育やスポーツをさせる必要があると痛感した。のちに、北海道網走市に日体大が日本初の高等支援学校を設置した際には、米国留学のこの体験が下敷きとなった。

わずかな留学生活であったけれど、私にとって大変有意義であり、私の人生と行動にはこの体験が生きている。

スポーツ史を極める

日体大を卒業したら自衛隊体育学校に入り、二曹になることが内定していた。しかし、米国滞在中にサマースクールに通っていて気付いたことがあった。米国では修士を取得しないと教員になれない。日本もいずれそうなるだろうと。それと、米国の学生は将来の目標を考えて大学を選び、勉強していた。日本では学力に関係なくスポーツができればいろいろな大学から声が掛かり、結局、一流大学か、一流選手が集まる大学に行ってしまう。その段階では大卒後の進路を考えていないのが大半だろう。そこで、自衛隊には行かず大学院で学業に一層励もうと進路変更し、日大大学院の試験を受けた。進学後に聞かされたのだが、入試の学科は最下位、逆に面接と小論文は1位。大学の卒論が最優秀に選ばれたほどなので、書くことには自信があった。

当時、体育学を学べる大学院は東京教育大（現・筑波大）、東京大（以下、東大）、日大の3校だけだった。日大大学院は東京・桜上水にあり、通学が便利な上、教育学と共に学べるというメリットもあった。

日大大学院の修士課程では、体育学の浜田靖一教授と教育史の土屋忠雄教授の下で教育学や教育史、スポーツ史を勉強し、「アメリカ体育・スポーツの濫觴（らんしょう）期概説」という題の修士論文をまとめた。ちなみに、浜田教授は自らのイラストで組体操を普及させ、日体大体操部を創設された方だ。続いて、日大大学院の博士課程に進学した。浜田教授から「今後は『宗教とスポーツ』か『戦争とスポーツ』のどっちかを選ぶんだ」と言われて宗教を選んだ。

学者、研究者になると考えてもいなかったのに、博士課程へ進学したことにより、スポーツ史の学者として大学の教壇に立ちたいという希望が表出しつつあった。メキシコオリンピック出場の夢を砕いた宗村宗二さんに私のレスラーとしての才能の限界も知らされ、方向転換するには学者しかないと考えるようになっていたのだ。「末は博士か大臣か」と高校時代に教えられたものだ。もちろん、政治家を目指す気持ちも変わっていなかったが、どちらかを手にしたいと密かに狙う気持ちであった。

その頃の父は「そんなにスポーツに打ち込みたいなら、体育の先生になればいいじゃないか」と言っていた。スポーツで生計を立てようとは思っていたが、父が想像する「体育の先生」というのはちょっと違っていた。

博士課程でスポーツ史に専念したことは、後に「タレント教授」になることにつながった。

スポーツ史自体が日本では普及していなかった。その上、古代ギリシャやローマのスポーツや欧米のスポーツについてはすでに多くの学者が研究していたが、私は博士課程で中東、中でもペルシャを学んだ。誰もやっていないことに踏み込んでみようという、ちょっとした冒険心によるものだった。柔道からレスリングに転向したときと同じような感覚である。それがいずれ、アフガニスタン（以下、アフガン）行きにも影響したし、ソ連軍のアフガン侵攻をきっかけに日本で貴重なアフガンの専門家として知名度を上げることになった。さらには政治家への道にも近づくことができたのだ。

「博士になる」と言っても、当時の私たちの学問の世界では、60歳を過ぎて論文を書いてようやく「博士号」を授与されるのが常識であった。博士課程修了で博士号を取得できる分野とは異なっていた。しかし昨今、文部科学省は日本の博士号を米国の学術博士なみに課程終了時に授与すべきだと通達し、容易に博士号を出すよう改めた。ちなみに、私が博士号を取得したのは70歳であった。提出した論文は40歳時に書いた論文に加筆したものだった。

それにしても、大学院まで行くことを許し、高い学費を負担してくれた父に感謝するしかない。その父は、博士課程2年のときに大腸がんで他界した。享年68。以後、長兄が送金してくれた。長兄への感謝の念も忘れがたい。

スポーツ史の専門家になったとはいえ、簡単に専門書を出版することなどできない。そこで私は、子供向けの専門書を書いた。『おもしろスポーツ史』（ポプラ社）である。誰も考えない分野を探して実績を作ることを考えた。『古代インド・ペルシアのスポーツ文化』はベースボール・マガジン社が刊行してくれた。宗教評論家のひろさちやさんが監修してくださり、定価1万7000円であるにもかかわらず、2000冊を売り切った。名だたる図書館が買ってくれたのであろう。

後のページにも書いたが、『古代宗教とスポーツ文化』（ベースボール・マガジン社）は、私の出世作となり、大作の専門書であるのに3万部を突破した。この分野のオリジナリティーに富んだ本で、学者、研究者として認められるようになる。次から次へと出版し、学会でも発表することを楽しみにするようになった。学問の面白さは研究力がつくにつれて深まった。

勉強は面白くないが、研究は面白い。時間を忘れて多くの文献から知識を得ながら己の論を展開していく。仏教、イスラム教、キリスト教の中に保健思想を探り、身体観についても紐解く。この比較研究から入り、休暇ごとにフィールドワークをする。楽しい充実した生活であった。ゲームやスポーツは、どの国の歴史の中にも発見することができた。人間が生き物であり、考える動物である限り、ダンスを楽しみ、運動と宗教は結びついてきた。ただ、語学に弱かったため、外国の文献には手こずり苦労したが、私の分野には外国にもたいした学者は不在だった。

八田会長の「鶴の一声」

日大大学院に進学していた私は1970（昭和45）年3月、博士単位を取得した。次はソ連のモスクワ体育大に留学しようと考えていた。スポーツ史を極めるだけでなく、レスリングの指導者として実績を作って夢である政治家になる、と。

そのころ、日本レスリング協会の強化委員と総務委員を務めていたが、協会の会議に出ても頭の中は次の生活をどうしようかなんて考えてばかり。強化委員会の委員長は、私をレスリングに導いてくれたと言っていい笹原正三さんだった。このときの会議で「どうすれば1976（昭和51）年のモントリオールオリンピックで金メダル取れるか」というような議論をしていたのは覚えているが、そこで笹原さんから唐突な話が。「アフガニスタンへレスリングと体育を指導する先生を派遣したい。松浪君がなんとなく適任だと思う。八田会長に報告する」。「八田会長」とは、「日本レスリング界の父」と言われた協会の八田一朗会長のこと。八田会長も私にこう命令した。「アフガニスタンへ行け」と。「モスクワは（授業料などの）金がかかる。アフガンは（派遣要請があった国際交流基金が）金をくれる」とも。八田会長の命令に反論はできない。まさに「鶴の一声」だった。

前の年にイランのテヘランで開催されたアジア大会に、日大大学院の浜田靖一教授の助手として開会式で行う人文字を指導したことがあった。それならイランと同じイスラム圏のアフガンは松浪が適任だ、となったのだろう。『なんとなく』適任」とはそういうことだったようだ。たしかに、イランとアフガンは隣国で同じペルシャ文化圏である。

八田さんは、柔道の創始者であり「日本の体育の父」と呼ばれた嘉納治五郎の秘書から独立し、日本にレスリングを持ち込み、自らも米国でレスリング修業をしてきたレジェンドだった。日本でマイナーだったレスリングをメジャーにしようと努力された。日本選手がオリンピックでレスリングに出場し、メダルを取ること—。レスリング最強国といわれたソ連遠征を積極的に進めたのは八田さんだった。終戦直後にレスリング協会の会長に就任し、1946（昭和21）年から、亡くなる1983（昭和58）年まで務められた。

1964（昭和39）年東京オリンピックへの八田さんの選手団への猛特訓が有名になった。1960（昭和35）年のローマオリンピックの戦果が銀メダル1個だけだったことで、八田さんの情熱をさらに大きくした。「剃るぞ！」と。剃るとは髪の毛ではなく、下半身の毛を剃ること。当時は流行語にもなったが、今では考えられない激烈さである。上野動物園に選手を連れて行ったこともあった。気分転換かと思いきや、ライオンの前でにらめっこさせた。ライオンにひるむな、と。「八田イズム」なんて言葉も出たほどだ。東京大会でレスリングは花原勉さんや市口政光さんら5人が金メダルを獲得する大活躍を見せ、八田さんの名を大いに高めた。その後、同じ東京オリンピック女子バレーボールで金メダルを獲得した大松博文監督とともに、参院議員にもなった。八田さんが全国区に出るときは私も応援に駆け付け、駅頭で「八田一朗、よろしくお願いします」とやっていた。八田さんは話題づくりの名人で、マイナーなレスリングをいかに宣伝するかを考え、メディアの利用を考える人だった。

八田さんはスケールの大きな人であった。若い私たちに常に刺激を与えてくれた。当時は国交がなかった中国だけでなく、北朝鮮とも交流する国際派であった。「八田イズム」が流行語になるほど奇人のような行動を取る個性派だった。

多くのレスラーが海を渡った。ニューヨークのマンハッタンでステーキハウス「Benihana（紅花）」を開業して有名になった慶応大OBの「ロッキー青木」こと青木廣彰（ひろあき）氏、同じくニューヨークで「マウントフジ・レストラン」を経営した日体大OBの藤田徳明（とくあき）氏等はいずれも名だたるレスラーであった。藤田氏は、私が政治家になって以来、物心両面で私を応援してくださった。ほかにも他国で活躍するレスリング関係者が多いが、これらは八田さんの影響を受けた人たちであった。

八田さんは、日本でレスリング普及に努めた人であると同時に、文字通り文武両道の人であった。ダンスや合気道、剣道にも打ち込み、中国の古典にも詳しかった。書や俳句にも親しんだ。特に俳句については、近所に暮らしていた俳人、高浜虚子に可愛がられ、師事したそうで、虚子の空気を吸ったという意味で「俳気」という句集を出しているほどだ。

「狩りの犬　獲物を追って　何処までも」という句は色紙によく揮毫（きごう）しておられた。日本が第二次大戦後初めて参加した1952（昭和27）年のヘルシンキオリンピックで監督として参加する八田さんに対し、虚子が「野犬には　あらずしてこの　狩りの犬」と句を贈ると、金メダル獲得を目指す意味を込めて先の句でこたえたという。「狩りの犬　ついに獲物を　くわえけり」は、ヘルシンキオリンピックでフリースタイル・バンタム級の石井庄八選手が日本レスリング初、日本人として戦後初となる金メダルを獲得したときの句だ。虚子が欧州旅行に出た際にも同行し、現地で開かれた句会に参加している。

虚子に師事した関係で、俳句と社交ダンスを通じて三笠宮ご夫妻と親交を深めた。1954（昭和29）年にレスリングが全国高校総合体育大会（インターハイ）の正式種目に加えられたのは、三笠宮さまの影響があったと伝えられている。レスリングのインターハイは「三笠宮杯」という冠が今もつけられているのだ。

八田一朗研究に興味のあった私が大いなる影響を受けたのは申すまでもない。レスリング界での長年の功績を顕彰して、２０１３（平成25）年、日体大のレスリング部合宿所に、藤本英男監督の呼びかけで寄付を募り、八田さんの胸像を建てたのである。

日本レスリング協会の福田富昭会長や元副会長である今泉雄策氏は文字通り、八田イズムの中で育った。私などは最後の「八田学校」の生徒の１人であろうが、福田、今泉両氏等は八田さんの秘書的な役割を帯びていて、レスリングの普及と強化に人生を捧げてこられた。女子レスリングが２００４（平成16年）のアテネ大会でオリンピック種目となった。福田氏は、その10年くらい前から女子レスリングの普及に取り組んできた。その先見性は凄い。私もよく知っているが、当時「女性にレスリングをさせるのは非常識だ」という意見が一般的だったが、八田イズムよろしく意に介することなく普及に努力された。一応、私も福田氏の行動を支持した。

今泉氏は、少年少女のレスリング普及に努力し、全国の組織を一つにまとめた。ここ数回のオリンピック選手のほとんどが少年少女時代からのレスラーである。技術をきちんと自分のものにするには時間がかかる。少年少女時代からのレスラーでないといまや国際大会に勝利できないほどである。今泉氏は、この少年少女時代からの強化の原点にモントリオールオリンピック直後から力を入れ始め、その普及のために努力されたが、これも八田イズムの実践であったと思う。

私も八田一朗については詳しいといっても、福田、今泉両氏にはかなわない。両氏は1964（昭和39）年の東京オリンピックで日本レスリングが5個の金メダルを獲得する以前から八田さんの側近だっただけに、私などの知識では追いつかない。私はメキシコオリンピックを目指すレスラーだったゆえ、八田さんの晩年の弟子になる。私も含め八田イズムの信奉者たちは、おしなべて個性的であるのがおもしろい。私は、いまも福田、今泉両氏を尊敬している。この両氏と私をつないでくれたのは日大OBのビクトル古賀氏（日本人と白系ロシア人のハーフ）であった。八田会長にソ連国技のサンボの研究を命じられ、日本に紹介し、世界王者にもなった人だ。

八田ご夫妻は、私たちがアフガンで暮らして1年目にやって来られた。八田さんと仲の良かった王族のサラジ殿下は、政変のために監禁されていて、残念なことに、面会が叶わなかった。私は、車であちこちを案内させていただいたが、ご夫妻の知識の豊富さに圧倒された。ご夫妻はビール党のためビールを闇市で手に入れるのに苦労した。イスラムの国ゆえ、アルコール飲料は御法度。宗教の厳しさを私は八田さんに説くことができなかった。

八田さんは晩年、順天堂病院に入院した。私は毎日のように呼び出された。そのくらい目をかけていただいたのである。

1974（昭和49）年11月、新婚旅行のハワイにて

褐色のアフガン

1975（昭和50）年3月19日、3カ月前に結婚したばかりの妻・邦子を連れてアフガンのカブール国際空港に降り立った。小雨模様だった。4月から国立カブール大講師として体育学とレスリングを教えることになったのだ。

家内とは学生結婚だった。しかも、強引な結婚だったといえる。

レスリングは試合に出る度に健康診断書の提出が必要になっていた。私の診断書を書いてくれた医師は家内の母だったのだ。家内とは義母の診療所で知り合う。衣服はボロでも、米国留学時のカレッジリングをはめ、ロレックスの腕時計、デュポンのライター、ダンヒルのベルトを着けていたから、良家の子弟だと思われたかもしれない。それでも、家内は2人姉妹の姉なので、共に医師の義父母は医者の婿を考えていただろう。将来が見えない私との結婚は、不承不承という感じだった。

結婚式は学士会館（東京・神田錦町）で浜田靖一教授の仲人で挙げたが、正直言って面倒だなと思っていた。何しろ、学習院大出の医師の娘と日体大出の「野獣」との結婚ゆえ、反対する人が多かったわけだから。気まずい雰囲気に支配され、スピーチも白々しく感じたものだ。

新郎の私は、時計を見ながら「早く終われ」と思ったものだ。

しかも家内は当初、籍を入れていなかった。義父母は別れても戸籍に傷がつかないことを願い、早く別れてほしいと願ったのだろう。

そんな中、学生生活が終わったところにアフガン行きの指示が出た。軍医として中国生活を送った関係で中国史やシルクロードの研究家でもあった義父は、私がアフガンに行くという話になると「うらやましい話だねえ。僕も若ければ住んでみたい国なんだ。行きなさい。そうすれば僕も行けるから」と言ってアフガン行きを後押ししてくれた。日本レスリング協会の八田一朗会長の命令には逆らえなかったとはいえ、新婚夫婦には途上国すぎる国ではないかとの思いもあったが、義父の一言で頭の中もモヤモヤはなくなり、「行ってみるか」という思いができたのだ。ついでに言うと、パスポート作成のためと言って義父母にお願いして、家内を無理矢理入籍した。

私が赴任した当時のアフガンは、年間5000人の日本人が観光に来ていた。アフガンの面積は日本の1・7倍の広さだが、「褐色」の一言に尽きる。農業国という割に土地は肥沃ではない。降水量は少ない。砂漠の国と言っていいほどだ。海のない国、山岳の国。夏の日中は40度を超す。冬の夜は零下30度を下回ることもある。普通の人間が生活するに適した土地とは決

カブール市内の日本大使館の隣にある大使公邸にて。山田淳治大使（右）と妻・邦子（中央）

して言えない。

この国は複数の部族で構成され、血縁および子孫繁栄主義が尊ばれる。部族主義も貫かれる。当時、最大の部族がパシュトゥーンで45%だった。ほかにタジクが32%、ハザラ12%、その他の民族10%という構成だった。イスラム教ではスンニ派は75%を占め、シーア派は25%。アフガニスタンは「アフガン族の住む大地」という意味だが、アフガン族とは厳密にはパシュトゥーンのことなので、アフガン人というとややこしくなる。正確な人口はわからない。国勢調査のようなものができないのだ。個々の人々も、自分の年齢を「大体◯歳」といいかげん。生年月日を知らない人も多い。

イスラム教で重視されるのは「礼拝」と「喜捨」。給料を支払うことよりも施しをすることが重要。それゆえ、生産に全力投球する人は少なかった。

不毛の大地と産業革命には縁のない国情に加え「すべて神の思し召し」と信じて終日を過ごすので、正確さや緻密さが自慢の日本人にはかなり骨が折れた。

カブール大のある歴史学教授は「この国は、過去何百年間、いくらも進歩しない生活を経て今日に至る。今後も、そのように少なくとも数十年間はこの調子で続くでありましょう」とアフガンを評したくらいだった。

一方で、アフガンはけんか好きの国である。殺人も少なくなかった。もっとも、殺人のときは、たいていが復讐だ。この国では、教授であろうと大臣であろうと、根に持たれるようなことをしたら凄惨な目にあう、「目には目を、歯には歯を」の世界なのだ。

国もめまぐるしく変わったものだ。私がカブールに赴く1年半前までは「アフガニスタン王国」であった。たった5年のうちに3度も国名が変わった。私が赴任したときは「アフガニスタン共和国」という共和制の国、1978（昭和53）年4月には軍事クーデターにより「アフガニスタン民主共和国」。さらに1979（昭和54）年12月にソ連の軍事介入の下、カルマル政権が成立する。ソ連の軍事介入については後述する。騎馬民族の国だから、政治好き、軍事好き、国際性もあり、喧嘩のような簡潔とも映る革命も起きる。アフガンから見ると日本はずっと未来の40世紀の国のように見られたのではないか。

ひとつ、日本人には理解できないことがあった。混雑するバスに乗っているときのことだ。どの老人も若者に席を譲ったのには驚かされた。理由はこういうことだった、若者は明日にでも戦地に行く。国に平和と豊かさをもたらしてくれるので、その若者を疲れさせてはいけない、というのだった。日本の儒教的思想はアフガンでは全く通用しない1つの例だった。

アフガン赴任当初、現地の男性は「セイコー、ナショナル、ジャポニザンヌ（日本人娘）」を「三種の神器」と呼んでいたそうな。アフガンでは売春は禁じられたが4人までは妻を持つことが許された。男の甘い言葉にだまされた日本人女性を実際に見た。結婚できたと思ったら「第2夫人」だったというので憤慨して帰国したのだが、

アフガニスタンでは多くの遊牧民が羊を追って暮らすが、草がなくなると移動する。冬にはパキスタンやインドへも移動する

アフガンの男からすれば当時の日本人女性は扱いやすかったということなのだろう。

日本と全く違う国での生活は大変だった。もっとも苦しめられたのは伝染病。寄生虫やシラミなんかも珍しくない。赴任した年に家内がアミーバ赤痢にかかり、持参してきた日本の薬を使ったが効果がなかった。後に大阪市立大整形外科教室で山中伸弥氏（現・京都大教授。後にノーベル医学生理学賞を受賞）を指導した山野慶樹先生が、国際協力事業団（ＪＩＣＡ）から派遣されていて、山野医師が知人の米人医師から薬を入手してくださり治療していただいたおかげで助かった。日本では南方病として扱われ、戦後は対応も忘れられていたという。

食事も独特である。まず、彼らは豚を飼うことも食することも禁止している。理由は、豚は何でも食し、非衛生的環境でも生きる動物だかららしい。聖なる生き物ではないということなのだろう。豚の油の使用も許さず、豚皮製品も認めない。後に日本の化学メーカーが、あるイスラムの途上国へ豚皮製のランドセルを贈ったところ、受け取りを拒否されたほどだった。

豚以外の肉は食することはできても、死肉はダメ、動物の血を飲むことも許さない。生きている牛、羊、ヤギ、ラクダ、鳥を屠殺する。屠殺する前に神に祈りを捧げる儀式を行う必要がある。その儀式を経ていない肉、異教徒が屠殺した肉は口にできない。儀式という重要な手続きを踏まえた肉を「ハラル」といい、これを食することができる。

日本も今では多数のイスラム教徒がいる。このハラル肉を売る店が、東京はじめ各地にある。アフガンは別として中東の産油国は、おしなべてイスラム教国だ。豊かだから高価な商品が売れるのに、日本からの良質な食肉の輸出は多くはないのである。日本の業者は「ハラル」についての知識がまだ不足している。

飲酒は禁止だし、刺身や生肉も禁止だ。食生活までも律するイスラム教だが、甘い食品が大好きである。イスラム諸国への食の輸出は、日本の農業にもプラスになるはずだ。

肉でもっとも食べることになったのは羊だ。羊のお尻の脂肪を羊肉と羊肉の間に挟んで串に刺し、ニンニクやタマネギなどの香辛料を入れたたれに漬けて焼いて食べるのがアフガンのシシカバブ。しかし、私がおいしく食べるには1、2年かかった。食べた翌日、消化不良を起こして下痢に襲われた。効いたのが梅干しだった。

アフガン生活の楽しみは大使館でのもてなしだ。「天長節（天皇誕生日）」に大使館で天ぷらなどの和食が振る舞われること。アフガンは海がないので海鮮ものは手に入らない。大使館員が出張先で調達して持ち込んだらしい。後は忘年会と新年会。忘年会は洋食、新年会はおせちが振る舞われた。ＮＨＫ「紅白歌合戦」の映像は翌年の2月頃に大使公邸で見させていただいた。

ともかく、イスラム教国の社会で暮らした体験は、異文化を理解したり、他の宗教と比較したりするのに役立ったばかりか、私の思考力の幅を広げてくれた。貴重な体験を若いときにできたのは幸運で、レスリングのおかげであった。人生のドラマは誰も予想できず、私も考えたことのなかった展開となった。イスラム教に詳しくなるなんて想像もしなかったのに、帰国後の研究や講演で役に立つこととなった。

産油国の多くがイスラム教国であり、またイランとイスラエルの対立等があり、イスラム教の研究が日本にとって重要になっている。アフガンでイスラム教を学べたのは、私にとってラッキーであった。まさか、イスラム教の知識が日本で重視されるようになるとは想像もしなかっただけに、アフガン生活は貴重であった。これも私の運の強さでもあろう。

誰もが先進国へ行きたがるが、家内とともに赴任した最初の国が、極めつけの途上国たるアフガン。驚くことばかりで新鮮な経験と想像もつかない現実に圧倒され続けたが、家内は私をよく補佐してくれた。知的好奇心が旺盛であり、歴史好きであったゆえ、アフガン生活が楽しかったかもしれない。帰国後は、アフガン留学生の面倒をよく見て、日本とアフガンの友好のために努力してくれている。

アフガン流との格闘

さて、カブール大である。この大学の特異性は、諸外国の援助によって設置され、多数の外国人教師の協力で運営されていたことだ。医学、法学、薬学部はフランス、理学、農学、経済学部は西ドイツ、文学、工学部は米国、医学部のカンダハル校舎と工芸学部はソ連、神学部はアラブ連合という具合だった。11の学部に1万人の学生、女子は700人いた。競争率は平均10倍だったと記憶している。アフガニスタン国民の非識字率は当時95%に達していた。6年間の小学校と2年間の中学校が義務教育と定められていたが、国民の間には義務教育を受ける意識はほとんどなかった。

イスラム教は偶像物となりやすい人体や動物の解剖を認めない立場を貫いている。これは医学教育の進歩の障害になった。女性は夏場でも長袖に長パンツ。バレーボールとバスケットボールには興味をみせたが、他の競技をやろうとするとストライキをするほどだった。女性隔離のため、女学生の体育授業は男性の目に触れないようにしなければいけなかった。

私は保健体育部に所属した。一般教養として米国のカリキュラムに従って保健体育を教えるセクションだ。部長のほかに講師1名、助手3名、事務員2名、タイピスト1名、下僕人8名だった。講師とは私のこと。助手は私の授業を補佐するのが仕事で、実際に教えることは許されない。下僕人は体育館やグラウンドの運動施設を管理したり授業で使う器具を設営したりする。つまり、大学には私のほかに体育の教師がいなかった。

アフガンの初等、中等教育にフランスの教育方法が入っていたため「体育」や「音楽」がなく、学生の多くは大学で初めて「体育」を学んだ。このため、簡単な徒手体操を見せても、学生は全く真似できない。身体検査や体力測定というのも知らなかった。乗馬に慣れているためか、走力もない。まっすぐ走れなかったり、男でも100メートル走で13秒を切ることができなかったりだった。球技を知らないので、投げることも不得手。馬に乗ることと、山を登ることくらいしか得意分野はなかったほどだった。

そのうえ、学生は時間にルーズで利己的で、他人のことなど考えない風潮が一般的だった。実技の授業は危険きわまりない。しかし、へたくそな現地語で注意しても効き目がない。学生らの生活習慣や授業態度はすべて「アッラーの神の思し召し」のままであった。

学生の「アフガン流」にも限度がある。こうなると「体罰はときには必要だ」と考えた。教師の権力を最大限使って、褒められた方法ではないが、この国特有のお尻を叩く体罰をもって臨んだ。生活習慣の中に仇討ちがあることを助手たちが心配してくれたが、私は一向にびくともしないで教え込んだ。学生たちも馬鹿ではないから、なぜおしりを叩かれるのかは理解してくれた。3年間の授業でけが人を出さなかったのは幸いだったかもしれないが。

ある日、学生たちが直談判にやってきた。立派なヒゲを蓄えた学生たちは、ビクビクしながら「マレムセイ（先生）はすぐヒステリックになって学生に手をかけます。これでは囚人と同じ扱いですから、改めてほしいです」。私は「囚人扱いを受けることも君たちの経験だ。誰が君たちにこの貴重な経験をさせてくれるかねえ。ヒステリーを起こさせるのは君たちの責任だ。私に情熱があって、君たちに情熱がなければヒステリーを起こして当然だろう。だが、講義の時間に私が手を出したことはないはずだ」と諭した。

学生の抗議にはダメで元々という考えがあった。だから、抗議をしていても、学生たちの独特の横長の目は笑い、唇もニタッとしていた。イスラム教は専門の伝道者を持たないからか、弱者は強者にあらゆる面で救われる、助けられることが徹底されている。強者たる教師は自由に弱者たる学生を救うことが可能になり、「体罰」がどうのこうのという問題ではなく、正しく導いてやれば、その方法は不問ということらしい。

カブール大ではレスリング部長と監督も兼ねていた。レスリングは国技であり、当時のレスリング部には50人ほどの部員がいた。アフガンにも伝統相撲（パロワン）があり、愛好者が多かった。それでもスタミナ、筋力、スピードの何れを取っても不十分だった。レスリングの練習は、マットとは言い難いほどの泥まみれの上でやり、アフガン独特のふんどし姿でやっていた。私がことごとく学生を投げ飛ばしたが、学生も私もやり甲斐はあった。

試合前になると、家内が食事をもてなしてくれた。ところが、ある一人が「異教徒が料理したものを食べるわけにはいきません」と拒否した。それ以降、面前ですき焼を振る舞うことにした。すき焼は大いに喜ばれたが、醤油やしらたきは日本から送ってもらったので出費は相当かさんだ。

着任早々にはアフガニスタンオリンピック委員会（ANOC）からの要請でナショナルチームのコーチをすることになった。1976（昭和51）年のモントリオールオリンピックに出場するためだった。オリンピックに随行することにもなり、制服まで用意した。

しかし、チームはオリンピックに参加できなかった。参加できたのは旗手のエティマディANOC委員長だけ。理由は「エントリーするのを忘れた」。これもアフガンらしいと納得してしまう自分がいた。

4年後の1980（昭和55）年、レスリング選手団はモスクワオリンピックに出場することになったが、1979（昭和54）年にアフガンにソ連が侵攻した後だったことからいろいろと問題が起きた。この話は改めて詳しく紹介する。

後日、大学と交渉してレスリング道場を造った。倉庫を改造したのだ。綿をバザール（市場）で買い、これを敷き布団にしてマット状に敷き詰めた。立派な道場ができたが、レスリングシューズは買えないので裸足で練習した。

道場ができると学長から呼び出しがあった。「道場で柔道も教えてほしい」という。一着の柔道着もないのに、どうして指導するのかと悩む。とっさに女性が着物姿の折にタスキをかけることを想起した。バザールで帯より細いヒモを購入し学生たちにタスキをかけさせる。そのヒモをつかめば柔道モドキを教えることができた。工夫する大切さと、依頼されたことには「NOと言わない」性格と工夫に拍車がかかる。

後に私は、国際協力機構（JICA）の青年海外協力隊が途上国に若者を派遣する事業に熱心に取り組むようになる。途上国へ行っても現地には何もないので、逆にいろいろなことを学ぶことになるという自らの体験からであった。先進国へ行くよりも途上国へ行った方が留学にふさわしいと考えるようになり、日体大理事長就任と同時に、国際交流プログラムの第一として青年海外協力隊の派遣を積極的に行っている。国際協力の大切さもあるが、途上国で現地の人々とともに汗を流す体験は人物を創ると私は考えている。語学力を身につけ、異文化への理解を深め、しかも日本の外交上重視される仕事である。2年間の派遣経験はいずれ生きてくるに違いないと思う。

大学の国際化がかまびすしい。文部科学省も2013（平成25）年から「トビタテ！ 留学JAPAN」という留学を勧める制度を開始した。大学が留学生を受け入れるのはいいとしても、国際化や国際交流が進んでいるとは映らない。大学内に外国で汗を流した者が少なく、学問しかしていないからに他ならない。日本の人口減少は、外国人労働者受け入れを選択するしかないゆえ、途上国での指導経験者、生活経験者が求められるようになる。異文化理解のために、貴重な体験を積ますことこそが大切であり、国際化の持つ意味合いも高等教育機関では昨今、変化しつつあることに気付くべきである。

ともかく、アフガンは貧しい国であった。スポーツに打ち込むとしても、用具もなければ指導者もいなかった。国民の間に人気があり、国技といえるレスリングですらシューズもタイツもなかった。練習は国際標準に則って行ったが、イスラム教の習慣や国民性が十分な私の指導を許さなかった。逆に私の方がこの特異な国で学ぶことの方が多かった。難しい国であったけれど、私に協力してくれるアフガンの人や学生たちも多くいた。3年間の滞在、それは夢を見ているような体験の日々であったし、楽しかった。

日本人でアフガンの学校の教壇に立ったのは、歴史的にも私一人だけである。ましてや国立カブール大で教えた唯一の日本人となった。最初は英語で私が教える。助手がそれを国語のアフガンのダリー語（ペルシャ語の方言のようでアフガンの国語）に訳して学生に教える。１年もしないうちに、私自身がダリー語を覚えた。ただ、その言葉は命令形で、私の現地語はすべて命令形ゆえ、どこへ行っても笑われた。大臣や大統領と話す際、周囲の人たちは笑った。外国人であるがゆえに許されたのであろうが、耳学問ではなく、きちんと勉強すべきだったと反省している。

アフガン社会の最も下位に位置づけられ、差別を受けていたのは、日本人そっくりのハザラ族であった。現地語を話していると、アフガンの人たちは私をハザラ族だと錯覚する。だから、いつも私は日本人であると名乗り、毅然たる態度を取った。この社会の民族差別は大きく、私たちの想像を許さないほどのもので、この国の運営の難しさを肌で感じる毎日でもあった。差別に慣れてしまっている社会、人権意識なんてものはなく、民族によってすべてが決まる理不尽な社会。教育の大切さを教えられるばかりだった。日本社会がどれだけすばらしいか、アフガンで一日でも暮らすと理解できるであろう。

異国で長男誕生

当時、アフガニスタンで暮らした日本人は50人程度。カブール大の留学生、日本政府からの技術援助の技師たち、大使館員、事務所を構えていた唯一の日本商社「兼松江商」(現・兼松)の社員などであった。カブール大で教鞭を執っていたのは私1人。

私と家内はカブール市内の外国人向けの借家で暮らしたが、政情も治安も安定していたので、生活に困ることはなかった。

アフガンに赴任して直後、家内の妊娠がわかった。家内は想定外の状況に慌てたが、「嬉しいことじゃないか。産んでおくれ」と安心させた。

カブール生活10カ月目の1975(昭和50)年12月、長男が生まれた。その頃、在留邦人の間で「あの人は、非常識でけち」と言われたことがあった。出産や病気を理由に帰国する人が多かった。恐ろしい伝染病や重症の病気にかかるのを恐れてのことだ。さらにイスラム圏の医師を信用しないというのもあった。

しかし家内は、妊娠を知ると最初から現地の医師に診てもらった。フランスと米国で教育を受けていた医師で、クリニックが住居に近く、出産は病気ではないという理由だった。無事に男児を出産した。マイナス30度にもなる寒い早朝だった。

この医師は国立の婦人病院の医長であるにもかかわらず、分娩は病院ではなく、個人開業している医院で行った。医院の方が衛生面でマシという理由だった。問題は必要な医療品の調達。ガーゼ、アルコールや全ての薬品は自己調達しなければならない。深夜の街中を車で回ってあちこちの薬局を駆け回り、何とかして調達した。

生まれた息子の名は、義母の名前「登久(とく)」の下に、馬の国で生まれたことから、アフガン国技が騎馬競技であるため名馬が多く、その研究をしていたので「馬」を付けて「登久馬(とくま)」とした。在カブールの日本大使館に出生を届け出た。息子の戸籍には「アフガニスタン共和国カブール市生まれ」と明記されている。カブリッ (カブール子) だ。しかし、アフガニスタン国籍は即座に放棄した。

修好条約を締結して1934 (昭和9) 年に日本公使館が開設し以来、日本国籍を持つ夫人がこの国で出産した子供としては7番目、初産としては3人目ということだった。息子は生まれてから2時間泣き続けてやや暖かい紅茶 (チャイ) を飲んで眠った。現地では最初に飲ませるのはチャイというのが習慣だった。医師から家内は「すぐ帰りなさい」と言われた。翌日から仕事をするのが現地の女性なのだそうだ。

「登久馬」の名に義父母が喜んだことは言うまでもない。二人の私への好感度は大きくアップしたようだ。

私は大学での教鞭があり、家内も現地での活動があった。息子の子守は主に小学6年生程度の少女に任せていた。ナナと呼ばれる子守を雇うのは現地の慣習であった。1万円相当の月給を与えた。大卒の初任給に相当する額だった。教師として、義務教育を受けるべき子供に子守をやらせることに「これでいいのだろうか」とも思った。しかし、学校で教育を受けなくても、紹介があれば稼げるのがアフガン流だったのだ。

アフガン滞在中、最も仲が良かった日本人はドクターの山野慶樹（よしき）先生だった。山野先生は一般の人との付き合いが上手ではなかったが、家内は医師だった義父もこのような感じだったということをよく知っていたので、住まいも近かったこともあってよく交流した。山野先生には家内が赤痢にかかったときにも大変お世話になった。赤痢もいろいろあって、現地の赤痢はあまり熱は出ないが下痢がひどかった。山野先生は大阪市立大（以下、大阪市大）出身、私は大阪生まれということで、大阪つながりというのもあった。

山野先生は野球好きだった。しかし、アフガンでは日本の男手が足りない。兼松江商からの調査チームが日本から来るときにソフトボールのチームを組んだ。米海兵隊の施設にグラウンドがあったので、日米でソフトボールの試合を行った。向こうは軍人が出るのだから、一度も勝つことはできなかった。しかし、楽しいひとときだった。

山野先生は大阪市大から派遣されていた。医療協力の要請を受け、水野祥太郎教室は昔から国際協力事業団（ＪＩＣＡ）を通じてアフガンに医師らを送っていたのだ。結果的に山野先生は大阪市大としてプロジェクト最後のアフガン派遣となった。ソ連侵攻のためだ。その後、川崎医科大の教授になり、同大で整形外科部長にもなられた。

アフガンから日本への留学生は当初は東大へ行っていたが、山野先生は現地での整形外科の手術を含む援助の必要性を訴え、更に博士課程で学ばせるためにも、国費留学生は大阪市大が受け入れるべきだとなり、今でも大阪市大は受け入れている。そのようにしたのは、後に私が政治家になったからである。

山野先生は、後にアフガンのハーミド・カルザイ大統領から表彰された。情勢が許せば時々アフガンに行って執刀されている。この医師ほどアフガンを愛し、この国民のために貢献した人物を私は知らない。数年後、パキスタンで活動していた中村哲医師がアフガンで協力するようになった存在感は別格として、山野医師のアフガン医療援助の情熱には頭が下がる。

2歳ちょっとまでアフガンで生活し、アフガンの少女の子守や召使いに育てられた息子は、生活に必要なダリー語を覚えた。日本語を話せなかったが、私どももダリー語ができたので不

愛犬アフガンハウンドの「チャチャ」と登久馬 ＝ カブール市内のわが家

自由はなかった。ただ、帰国後に欧州を旅したが、ソフトクリームの絵を描いた看板を見て、それをなめるわが息子に驚いた。途上国の子供そのものだったのだ。また、初めてテレビを見たとき、やたらと不思議がって受像機の後方を調べる様子に、私たちもアフガン人だと意識し、少し心配した。

帰国して家内の両親は、日本語を理解しない孫に戸惑う様子だったが、やがて両親がダリー語を孫から学んでいった。しかし、瞬時に息子は日本語を覚え、ダリー語を忘れてしまう。幼稚園に入ったからだし、友達と遊ぶうちに「日本人」へと変化していった。のんびりした性格はアフガン人そのもので、何をしてもゆったりしていた。小さいことを気にせず、すべての面でおおらかな人間性はアフ

横綱朝青龍関の断髪式でハサミを入れる ＝ 2010（平成22）年10月3日、国技館

ガンという地で生まれ育ったからだろうか。

帰国してからアフガンは内戦が続き、渡航できないでいる。外務省も渡航禁止に指定しており、息子は一度もアフガンに行くことができずにいる。40年以上も内戦が続く不幸、若者たちは平和を知らずにいるのである。息子には、生まれた国たるアフガンの平和のために活動してほしいと願っている。ただ、私は父親として、息子の人生に口を挟む気はなく、自由に生きていってほしいと思っている。私の父も私に自由を与えてくれたのだから。

長女の千春は東京で生まれた。彼女だけが外国生活を経験していないので、外国に強い興味を持っていた。「私も外国で仕事をしたい」というので、私は「特技がなければ仕事なんかない。日本語教師にでもなれば外国で仕事ができるよ」と教えた。大学に進学すると、夜学の日本語教師になる専門学校へ通うようになった。ダブルスクールを続け、ついに外国で教えることができるようになった。

私の母の父は旧制中学で英語教師、私の兄は大阪外国語大に進み、娘は青山学院大の英文科に入った。語学に強い血統なのか、娘は語学に強い。モンゴル語を身につけ、横綱だった朝青龍や横綱白鵬に私の娘は日本人で一番モンゴル語が丁寧で上手だと褒めていただいた。

わが一家の夢は、家族全員でアフガンを旅することである。しかし、現実は厳しい……。

宗教とスポーツの最前線

アフガニスタン（アフガン）に行ったことは、私にとって正解だった。イスラム世界の保健思想や、宗教とスポーツの関わりを学び、ほかのイスラム国家とは違う山岳国家らしいアフガンの特殊性も知ることができた。

アフガンは古代にはガンダーラという仏教王国だったので、仏教への造詣も深めることができた。首都カブールから54メートルの世界一の大石仏があったバーミヤンには幾度も行った。古代シルクロードの交差点に位置していただけに、深みがあり、複雑でもあった。

１９７３（昭和48）年春には、当時は皇太子と皇太子妃であられた上皇ご夫妻がバーミヤンを車で訪れられた。このときは平和で素晴らしい国であり、シルクロードの十字路として人気高い観光国であった。王族一家と日本の皇族方の関係は良好であり、交流も盛んだった。ザヒル・シャー国王は、国民に親しまれ、信頼されていて、ご夫妻を歓迎したのである。その後、天皇陛下、皇后陛下になられたご夫妻は２０１６（平成28）年、東京・上野の国立博物館で開催された特別展「黄金のアフガニスタン―守りぬかれたシルクロードの秘宝―」をご覧になられた。特別展の開催には私たちも関わっていたのだが、アフガンへの造詣の深さに改めて感服した次第だ。

パキスタン国境寄りの山岳地域にあり、秘境の地といわれたヌーリスタンにも日本大使館の反対を押し切って、日大大学院の同級生である佐藤文宏氏（現・日大名誉教授）がキャンプ道具一式を準備して来てくれたので、極秘に行った。伝説では「ヌーリスタンに住むヌーリスタン族は、紀元前4世紀、中央アジア遠征を果したしたアレキサンダー大王一行の末裔たち」とされている。ひょっとしたら、古代ギリシャ、ローマ時代のスポーツや遊戯が残されているのではないか、と興味が湧いた。アフガンの他地域とは風土も文化も生活も全く異なるといわれた。それでいて、当時のアフガン政府は入山許可証を発給してくれなかった。危険度が高いためと

1976年（昭和51）8月、アフガニスタン東部の秘境、ヌーリスタンでカブール大生らとともに。右端が著者（撮影：佐藤文宏氏）

いうのが理由だった。それで「極秘に行った」のだ。

　ヌーリスタンのある地域に入ると、いきなり複数の男に囲まれた。西洋人なみの均整取れた体格だった。この地域の男は、日中は羊や山羊の面倒を見るだけで、日常の仕事は女性に振り分けた。これは男女差別とは違った。男はつねに臨戦態勢にあり、外部の侵入があれば直ちに攻撃するのだ。男は皆兵士といってよかった。

ヌーリスタンでのキャンプ

ヌーリスタンの民家

ヌーリスタンの山岳民族の握力調査

会話はできても文字がない。貨幣が流通しておらず、自給自足が原則だった。純血主義にもこだわり、一つの村はこぞって親戚の集団ともいえた。ヌーリスタンは古代アテネの民主主義とスパルタの全体主義をミックスした「部落国家」と言うべきところだった。

ある村で、現地のスポーツを見せてもらった。相撲や寝技のないレスリング。相撲は日本の相撲と非常に酷似していた。レスリングもどちらかというと日本の相撲に近いものだった。大石を砲丸にした砲丸投げもあった。村の人によると円盤投げをやる村もあるそうだ。さらにホッケーや綱引きもあるそうだ。ヌーリスタンのスポーツは、実は「古代ギリシャの影響ではないか」と思われた。これらの写真は佐藤氏が『アサヒグラフ』で発表された。

秘境ヌーリスタンに行ったのは大正解だった。しかし、予備知識をあまり持たないまま入ったことを後悔した。まだまだ調査すべきことはあったが、恐らくこの地に入ることはもうないだろうと思った。後に、この体験談とスライドを日本オリエント学会の会長であられた三笠宮崇仁さまに見ていただく機会があった。日本レスリング界を牽引してきた八田一朗さんとの縁がここでも関係したのだ。

アフガンでは「ブズカシ」という騎馬競技が有名だ。アフガニスタンオリンピック委員会（ANOC）のパンフレットにこういう記述があった。「アレキサンダーがインド遠征の際、アフガニスタン北部のトルキスタンで盛んに行われていた『ブズカシ』を見て、その強く優秀な馬と巧みな乗馬技術を隊に導入した」。その通りならば紀元前4世紀以前から始まった競技となる。

アフガン国民の激烈な国技で、騎馬民族の叙事詩なのに、意外に知られていなかった。研究、調査しようとしたが徒労に終わった。

ズブカシはペルシャ語で「ブズ＝山羊」と「カシ＝捕まえる」を合わせた言葉。元々は山羊の奪い合いだったのだろう。今は、ゲーム直前に、生きた子牛の頭を「慈悲深く慈愛あまねきアッラーの御名において」切り落とし、「生の首ナシ死体を奪い合うポロ」のような競技。残虐にもみえるが、子牛はしっかり祈りを捧げて使っている。そして試合の後、肉は食べる。

ブズカシの馬は走力や持久力だけではだめで、何より闘争能力が求められる。ちなみに、アフガンに赴任したとき、カブール駐在の日本大使に「アフガンでは、馬は高価だ。交通事故で馬をケガでもさせたらすぐ大使館に連絡してください」と言われた。少なくとも当時は、車よりも馬が重宝された国だったのだ。

ブズカシは子供の間でもはやっていたが、さすがに子供の間では人形を使っていたと思う。


アフガン生活のさまざまな出来事や経験は帰国後、『アフガン褐色の日々』（講談社。後に中公文庫）や『シルクロードの十字路』（玉川選書）として出版した。2つの書籍を出版したことで、私は日本で貴重なアフガン専門家と認知され、日本ペンクラブの正会員になった。35歳のときだった。物書きとして認知されたという証明であろう。

ペンクラブは、ポエット（Poet）、劇作家（Playwrights）、エディター（Editor）、エッセイスト（Essayist）、そして小説家（Novelist）の頭文字をとっている。つまり、著作者やその周辺の人たちが集う集団だ。当時、2冊以上の単行本を出版し、2人以上の理事の推薦があって入会が認められた。

推薦してくださったのは早乙女貢、並河萬里両先生。偶然だった。早乙女先生は歴史小説家であるが、わが家の玄関に先生の水彩画を掛けてあり、テレビ番組の『お宅拝見』で映ったのだ。たまたまそれを見た早乙女先生が私に興味を持たれ、著作を読んで推薦してくださった。並河先生は、シルクロードの撮影で高名な写真家であられ、私の著作に写真を提供してくださった。共に理事会に諮ってくれたのである。当時の会長は、私の好きな作家、井上靖先生だった。今や悲しいことに3人とも故人になられた。

２０１６（平成28）年、日本ペンクラブが創立70周年を迎えた。この記念日に、35年以上会員である17人を浅田次郎会長が表彰した。その中に私がいたことに浅田会長もビックリ。47冊の著書を出版してきた私の記念日になった。原稿を書くのは一つの趣味で、今も２本の連載物を書いている。

本は、小さいときから好きだった。勉強もせずに、家にある多くの本を次から次に読んだ。勉強よりも読書が好きで、スポーツをしていないときは小説を読んでいた。大学に入ってからも、自らの試合の順番前まで本を読んでいた。「変わったヤツ」とチームメートに陰口されていたらしいが、何もしない時間が「モッタイナイ」と思う人間であった。

アフガンに派遣された際、この貴重な体験を自らの手で本にしようと思い、手製の原稿用紙で記述を始めた。そのおかげで、何の娯楽もない国であったが、楽しく3年間を過ごすことができた。首都カブールで記述することを始めて以来、さまざまな著作を世に問うことができた。異なった環境下で暮らすことは、人の発想を変えるばかりか、人間までも変える。アフガンに派遣されたことは、私の運命を変えてくれた上に、大好きな書物を創るという世界に連れていってくれた。

私は毎日のごとく多くの人の前で挨拶をしたり講話をしたりするが、そのために原稿を準備した試しはない。人前で原稿を読むのは「読書の時間」となってしまい、相手や聴衆に感銘を与えない。感銘を与えるには経験談が一番いいと信じている。

エリートでなかった私は、なかなか経験できない事象を手中にしたことにより、表舞台に立つようになった。直線型、単線型のエリート街道を歩む人たちよりも、紆余曲折の私に興味を覚えてくれる人たちが多かったからであろう。恐ろしいほどモノ知らずだった若いときの方が、今となれば別人のように思えてならない。

ソ連の軍事侵攻

3年間のアフガニスタンでの教鞭を終えて1978（昭和53）年3月、帰国することになった。その年に入り、カブール大学内で「アフガンに革命が起きるぞ」との噂がささやかれ始め、実際に帰国20日後に「アフガニスタン共和国」という共和制から「アフガニスタン民主共和国」という共産主義国になった。帰国翌年の1979（昭和54）年12月27日、息子の4歳の誕生日のことであった。イスラム勢力の拡大を恐れたソ連が10万5000の兵で侵攻した。その後にイスラム原理主義勢力「タリバン」が暗躍して、アフガン全土は戦場と化したのだ。

たしかに、1977（昭和52）年の春先頃から、カブールでソ連人の姿をよく見るようになった。ソ連政府の融和作戦ではなかったのかと思う。同時に米国も含めた各国がアフガン支援を惜しまなかったが、このときのソ連は自国に通じる道路を次々と建設した。一方で、北部で採掘された天然ガスはソ連に送っていた。経済援助も軍事介入の口実だったのではないか。

ソ連軍が侵攻したニュースは、世界中で大きく取り上げられた。当時、久米宏氏が司会を務め、視聴率が高かったテレビ朝日の『ニュースステーション』にゲストとして招かれた。アフガンの専門家のいない国だっただけに、このときは私と著名な軍事評論家の2人が出演した。軍事評論家は瞬時に、近代的な武器で武装するソ連軍が制圧すると述べられた。私は、ソ連軍が制圧するのは困難であると主張した。近代的な軍隊がゲリラ勢力といかに戦うのか、ソ連がアフガンの厳しい風土を研究したのか、疑問だったのだ。ベトナム戦争で米軍がベトコン（南ベトナム民族解放戦線）に敗北した事実も語った。

果して、ソ連のアフガン侵攻は失敗に終わった。ソ連崩壊の大きなきっかけになったといえる。このテレビ出演が、私を「タレント教授」への導火線に火を付けることとなる。かなりインパクトのある発言をしたものだと思う。

ソ連がアフガン侵攻で失敗した理由の1つは「農政改革」だった。近代的な機器を導入して計画的な生産をしていこうとしたが、アフガンでは共産主義的な農業は通用しなかった。アフガンの農耕地帯は広大だが、水が極めて少ない。土地を一人一人に分配してしまうと、水争いが起きる。耕作どころではなくなるのだ。

アフガンでは、部族を代表する地主が存在し、先祖代々お世話になってきたその土地を「きょうは私が当番、あすはあなたが当番」というようにして耕作していた。一人一人が自作農になるのではなく、むしろ小作農の方が適していたのだ。部族単位で耕作してきた土地を一人一人分配する仕組みにするのは無理があったし、肥沃な土地はソ連の連中が収奪したということになって、抵抗する者が増えてしまった。

ソ連が戦ったのは6つからなるアフガンの人々によるゲリラ組織だった。ゲリラは山岳地形を利用して伝統的な作戦によって個別に戦うために、ソ連軍がいくら戦車やミグ戦闘機を投入しても威力は発揮できない。ゲリラ側はアラブ周辺国からの資金援助もあって武器が徐々に充実していた。せいぜい都市部では制圧できても全土は無理なのだ。しかも亡命者が相次いでいた。ソ連への信頼がなくなっていくのは目に見えていた。

そもそも戦争をやると国は疲弊する。ベトナム戦争をした米国がそうだったように、ソ連のアフガン侵攻はまさに「第2のベトナム戦争」となった。ソ連は多くの犠牲者を出しただけでなく、アフガンの戦士に兵隊が殺戮される様子にソ連の兵士、国民がおののいたのだ。

アフガンの戦士は何をしたかというと、鋭利なナイフで頸動脈を切り、首を切断する。ソ連兵は首のない兵士の姿を見せつけられ、アフガンの連中の行為を野蛮と思い、自分もいずれはそのような残虐な目にあうと思い、完全に戦意を喪失してしたという。

イスラムの世界では、ナイフで頸動脈を切る行為は家畜をさばくときにも行う。「ハラル」である。まずは神にお祈りをし、左右の頸動脈を鋭利なナイフで切りつける。家畜は出血でフラフラし、バタンと倒れる。すぐに首をはねて、後ろ足を吊して内臓を取り出す。家畜の屠殺は異教徒がやってもだめなのだという。

武器を持たない者は相手の心をいかに揺さぶるかを考える。近代教育を受けた人には考えられない残虐な行為で臨み、恐ろしさを植え付けさせた。アフガンはまさに残虐な殺戮でもってソ連のやる気を失わせたのだ。近代的な軍事教育だけでは、「ムジャヒディン」と呼ばれるアフガンの一般人によるゲリラ集団には勝てなかったのである。

「プクトンワリ」といわれるアフガン族（パシュトゥーン人）の掟が昔からあり、その中にも軍事的作戦や手法等が記されていて、アフガン国民はそれを理解している。貧しい国がなぜ強国に支配されなかったか。それは山岳という地形を利用する外敵への知恵とアフガン国民の機動力を評価する必要がある。

かの大英帝国ですらアフガンを征服することができなかった。厳しい山岳の国であり、ゲリラ集団をつくって奇襲攻撃する手法は、近代的な武器を保持しようとも対抗することができない。貧しい国で極めつきの途上国といえども他民族に支配されたことのない歴史は、アフガン人の誇りであった。私たちの価値観をアフガンに持ち込んでも、それはただの飾りでしかないことを学ばされた3年間の滞在であった。

ソ連兵の中にウズベク人、タジック人のように歴史的にイスラム教を信仰する者も多数いた。同じ宗教を信仰する者が、本気になって戦うことができるか。ソ連軍の幹部もアフガン侵攻に関しては研究不足であったかに映る。しかもウズベク人やタジック人がアフガン国民の中に多数いて、士気など上がるわけもなく、途上国ゆえ制圧は容易だと読み違えたのではないか。当時、ソ連は国内で大きな問題を抱えていたため、国民の眼を外へそらす必要があり、その餌食にアフガンがなったという印象を受ける。ペレストロイカ（１９８５＝昭和60＝年に就任したミハイル・ゴルバチョフ書記長が推し進めた政治改革）の波を断ち切るための軍部の戦略だったのか、それとも共産主義政権を樹立し、不凍港を求めて太平洋へ出る序奏だったのか、いずれにしてもソ連の大失態であった。

アフガン人は、ソ連人のことを「シューラビ」と呼び、それは「ロシア人野郎」という軽蔑語であり、ソ連人を信用せずに嫌っていた。イスラム教の自由主義と異なり、共産主義のソ連と国家体制があまりにも違うので嫌っていたのか判然としないが、アフガン人はソ連を、脅威の隣国として平和な時代でも嫌っていたのである。

ソ連は途上国のアフガンを甘く見たばかりか、先進国としてのおごりがあったのだろう。戦争というのは、大国だから強いというものではないのだ。アフガンの平和を奪ったソ連、世界の人々はソ連が崩壊し、ロシアに変わったおり、ソ連がアフガンに敗れたのだと思ったに違いない。

専修大教授になる

アフガニスタンから帰国後、1年ほどは定職がなかった。デパートやホテルでアルバイトをするも長続きせず、スーパーの一角を借りて干物売りも経験した。友人の教え子の実家が干物屋をしていて、「売ってみないか」と勧められたのがきっかけだった。干物売りの商売は決して悪くはなかったのだが、スーパー側から売り場を他に譲ってほしいとお願いされて店を畳むことになった。

そのころは、医師である義父母に東京都世田谷区新町の自宅の一角を間借りさせてもらって生活していた。義父母はわざわざ「部屋を改築するので、よければ一緒に住んでください」と言ってくれた。その頃になると結婚を祝福してくれていたのだ。後に「逆玉の輿」という言葉が流行するのだが、これは私が著作によってはやらせたもの。自分の体験が基だった。

義父母と同居することについては、実母が反対していた。

母は「婿に出した覚えはない。一日も早く独立するよう努力して」と手紙を書いてよこしてきた。四男坊にそこまで言うかというのが率直な感想だった。しかも、父が他界した時点で財産相続権を放棄していた。迷惑ではないはずなのだ。

しかし母からすれば、大学院まで面倒を見たのだから人並みに自立してほしいと思ったのだろう。私の生まれ育った泉州地方ではかつて、「婿」になる男は「男としての甲斐性がないヤツ」と言われた。母は、自分の父が旧制高校の英語教師だったこともあってかプライドは高く、快くなかったのだろう。私が「婿」のようになったことを、母は近所の人たちや親戚にひた隠しに隠していた。しかし、噂はすぐ広まった。

母は内向的になり、近くにあるワイヤーロープ会社で「掃除のおばさん」として働きだした。「掃除のおばさん」になったことは町の大ニュースになったほどだ。兄たちは「働く必要がないのに」といって「掃除のおばさん」に反対したが、私は「本人の希望だからいいじゃないか」と賛成した。糖尿病を患っていた母は「掃除のおばさん」のまま脳梗塞で亡くなった。70歳だった。

実の両親に何の孝行もできなかったことを後悔した。両親の恩に報いるには、自分の子供を、親が俺にしてくれたように育てていくしかないと心に決めたのだ。また義父母を実の親と思って孝行することも必要だと思った。

私が後に衆院選に初出馬した際、母が勤めていた会社の労働組合が、母の縁で応援してくれたのには感激した。

1年後の1979（昭和54）年、専修大（以下、専大）に経営学部の専任講師としてスカウトされた。講師を3年務めた後、助教授6年を経て、40歳で教授になり、大学で約18年間務めさせてもらった。専大は、私にとっては素晴らしい大学であった。

専攻はスポーツ史と体育学。スポーツ史というジャンルは当時、日本の研究者が非常に少ない上、私の場合、アフガンに3年間いたというのが珍しがられたのだろう。特にソ連がアフガンに侵攻してからはアフガンに関心を持つ人が増え、私はアフガンの第一人者として全国各地の講演に呼ばれ、稼ぎまくったのだ。もちろん、専大の宣伝に努めたし、イメージアップにも貢献したと思う。

専大教授として教壇に立つ

テレビに出る発端も、アフガン問題の解説者としてだった。その後、本当の専門である「スポーツ人類学」を扱ってくれる番組が登場した。TBSラジオの深夜番組で、月1回の「講義」だった。エジプト考古学者の吉村作治氏（現・早大名誉教授）とも一緒に、よくテレビ出演した。東大助教授だった舛添要一氏（後に参院議員、東京都知事）とも共演した。「タレント教授」の仲間入りを果たしたと実感したものだ。それでも私は新幹線に乗る際、自由席を利用した。有名人になったからといって、うぬぼれてはならないと己を戒めた。

助教授のときだった。元自衛隊幹部を名乗る方から突然、電話で「ある人に会ってほしい」と言われた。元自衛隊幹部は講演先で名刺交換をした人だった。東京で会ってほしいということだと思って、「その日は地方に行くので面会は難しい」と返事したら、「どこに行かれるのか」と言うので「奈良です」。「奈良のどこですか」と食い下がるように聞くので「天理教の参考館で開催されているイスラムの陶芸展を見に行くのです」と答えたら、「参考館の入口で会いたい人を待たせます」との返事が来た。

私に会いたいという方は当時、天理教伝道部長の井上昭夫氏だった。元自衛隊幹部は天理教の信者だったのだろう。井上氏が私に会いたい用件とは、アフガン難民を支援するための糸口を紹介してほしいというお願いだった。そのようなことは難しい話ではない。それが実現したら機関紙に連載をやってくれと依頼されたので、喜んで引き受けた。

私はアフガン生活でイスラム陶芸に魅せられていた。興味があっただけでなく、文化を知る上でも行ってみたいと思っていた。また天理教は外国への伝道にも力を入れていて、その国の風土を知ろうということで参考館を造ったのだろう。天理教は世界の布教活動と研究に熱心で、アフガン問題の研究と難民支援にも熱心に活動しようとしていた。そのときに井上氏が「会いたい」と言ってきたのも何かの縁としか思えない。

機関紙の連載はスポーツ文化をテーマにしたもので、5年から6年続いた。やがてこの連載が『古代宗教とスポーツ文化』(ベースボール・マガジン社)として出版された。日本で初めて「スポーツ文化」という言葉を使ったのはこの著書であり、スポーツ人類学者として認められるようになった。

専大で教鞭を執り始めたときは、偉い学者たちから「あんな研究はまともな史的研究ではない」と批判されたものだ。しかし、連載のおかげでスポーツ人類学を広めるきっかけができた。早大の寒川(そうがわ)恒夫教授や奈良教育大の稲垣正浩教授(後に日体大教授)ら同じ研究をしている学者仲間とともに「日本スポーツ人類学会」を立ち上げたのもこの頃。今では、スポーツ人類学はスポーツ系や体育系の大学では必修科目にもなっているほどメジャーな分野になった。同学会は多くの人類学者も加わり大所帯になっている。その先鞭を付けたのは私たちの誇りである。学問の領域を広め、研究がより学際的になり、グローバルになった。近年の研究を眺めてみると、かつて想像できないくらい専門的になり、面白い研究が一般的になっている。どの国、地域にも身体文化があるゆえ、このジャンルが楽しみだ。

研究者として地歩を築き、体育・スポーツの月刊誌にも連載するようになった。専大では教養ゼミ「シルクロード研究」を開講、多くの学生たちが履修してくれた。現在でもこのゼミ生だった卒業生の集まりがある。彼らは立派に成長し、企業や社会の中で活躍してくれている。ゼミで書くことと説明することを厳しく指導したので、書くことを専門にする者がいたり、宗教家になったり多岐にわたる人材を輩出した。

毎年、イラン、パキスタン、トルコ等にフィールドワークで訪れ、学生たちに貴重な体験をさせ、行動する力をつけさせたと述懐する。

「プロレス界」で人脈広がる

専大時代の思い出はたくさんある。伝統あるレスリング部の指導を任され、私も情熱を注いだ。スカウト活動のために全国を回って、有能な高校生を入学させる。当時は、日体大、国士舘大、日大、専大が「ビッグ4」と呼ばれ、明治大、中央大、東洋大、早稲田大、大東文化大等も強化していた。全国の高校生の指導者は、圧倒的に日体大OBが多かったので、私に多くの有望選手を送ってくれた。

監督の鈴木啓三先生は、私を信頼してくださり、全てを任された。私は卒業生でなかったので、監督になることを強く固辞した。「外様大名」の私はヘッドコーチとして活躍させていただいた。

プロレス雑誌『週刊プロレス』(ベースボール・マガジン社)に連載をしていたので、自ずとプロレス関係者との人脈もできた。意外にプロレスには隠れファンが多く、上皇さまの心臓手術の執刀医、天野篤(あつし)先生や、サザンオールスターズの桑田佳祐さんなど有名人の読者も多く、驚かされた。

『週刊プロレス』は15万部を売り、コラム執筆者の一人であった私は多忙を極めた。各団体の試合を見て原稿を書いた。私のコラムは、アマレスラーの眼からのプロレス評論であり、その技術論は独特であり辛口。ファンには好評だった。レスラーたちは私を嫌ったが、プロレス界に緊張感が走り、プロレス人気は高まった。

プロレスに関する原稿収入も大きかったが、それよりもプロレスのファンが私のファンとなってくださり、私の著作を購入してくれるようになったのは大きな副産物となった。まさに瓢箪から駒であった。

プロレスラーになった教え子の馳浩氏とテレビ出演

専大の教え子の一人が、衆院議員となって文部科学相にもなった馳浩君。彼は高校からレスリングで活躍し、早大に進学してオリンピック出場と高校教師を目指していたようだ。そこで、こう口説いてみた。「早稲田は教員免許は取れてもオリンピックは難しいぞ。専修なら両方をかなえてやる」。彼は専大を卒業した年に開催されたロサンゼルスオリンピックに出場した。

馳君は専大卒業後、高校で教鞭を執るも、専大ＯＢの長州力選手のスカウトで新日本プロレスリング（以下、新日）に入り、プロレスラーとしてデビューした。新日を率いていたアントニオ猪木選手との交流もこのころから始まった。レスリング仲間というのもあったし、彼が新日を立ち上げてそれほど年月が経っていない頃、専大までスカウトに来ていた。

当時専大の有力選手に秋山準君がいた。新日も狙っていたそうだが、最終的には全日本プロレス（オールジャパン・プロレスリング＝以下、全日）のジャイアント馬場さんがスカウトした。秋山君は全日からの誘いでホテルに行ったところ、馬場さん自らがスカウトに来てくれたことに感動し、全日入りを決めたという。長州選手は馳君に「なぜ秋山をスカウトしなかったんだ」と怒ったが、馬場さんが直接口説いた話を聞いて納得したと聞く。秋山君はいま、本名の秋山潤の名で全日の社長としても活躍している。

馳君については後日談がある。１９９５（平成7）年の参院選に自民党公認で出る話があがり、相談に来たのだ。私は即座に「出ろ」と勧めた。馳君は見事に当選した。すると新日から違約金の支払い請求が来た。解決してくれたのは馬場さんだった。馬場さんが新日に話を付けてくれたのだ。それで、馳君はその後、全日に移籍し、２００６（平成18）年まで国会議員とプロレスラーとの二足のわらじを履いていた。

新日がなぜ違約金を言い出したのかはわからない。ひょっとしたらではあるが、同じプロレスラーが国会議員になることへの妬みがあったのではないかとも思わなくはない。ちなみに、馳君にタレントの高見恭子さんを紹介し、仲人を務めたのは私である。

馳君をはじめオリンピックのたびに教え子を日本代表として送り出し、メダリストも輩出して大学に喜んでいただき、私の存在感は大きかった。工藤章（フリースタイル48キロ級。モントリオールオリンピック銅メダリスト）、金子正明（フリースタイル63キロ級。メキシコオリンピック金メダリスト）、加藤喜代美（フリースタイル52キロ級。ミュンヘンオリンピック金メダリスト）というOBのメダリストたちも協力してくれ、専大は名門として君臨することができた。レスリング指導者としても印象づけることができた上に、卒業生たちが各界で活躍してくれているのが嬉しい。

馳浩氏が文部科学大臣就任の挨拶で日体大に来学

長州選手は、山口県桜ヶ丘高校時代、江本孝允（たかよし）先生に連れられて日体大に練習に来ていた。私が彼に稽古をつけたが、来るたびに実力をつけていったのには感心した。江本先生は私と日体大の同級生。依頼されて厳しく稽古をつけた。長州選手は高校チャンピオンとなり、専大に進んで全日本チャンピオンにもなった。アントニオ猪木選手にスカウトされてプロレスラーになったが、そのセンスはプロとして秀逸だった。

プロレスに関してもう1つ。覆面レスラーで知られた「ザ・デストロイヤー」が2019(平成31)年3月、88歳で死去された。日本に少年少女のレスリングファンを生み、プロレスを普及させた一人と言って過言でないだろう。

リング上では「足四の字固め」を得意とし、力道山の好敵手として悪役で名を馳せたが、バラエティー番組ではお茶目な面を見せ、お茶の間の人気者になった。

一方で、米ニューヨーク州のシラキュース大大学院で体育学と教育学を学んで修士号を取得したインテリでもあった。学生時代からアマチュアのレスリングに取り組み、プロレスラーと高校の体育教師を兼ねていたこともあったのだ。引退後は「フォーギア・スクール」というレスリング教室を開き、日本の子供たちにレスリングを指導していたが、その姿は白覆面をした体育教師という感じであった。メディアは、彼の訃報に際して親日だったことを盛んに強調していたが、そうした一面をあまり紹介してくれなかったのは残念である。

彼との初対面は、馬場さんが全日を旗揚げしたころ。米国から羽田に向かう日本航空機内だった。そのときは覆面姿ではなかった。とっさに「ザ・デストロイヤーさんですね」と質した。彼は否定し、羽田に到着後、税関を出る際に急いで私の前から姿を消した。しかし、数年後、彼は私のことを記憶していた。

プロレス界の中で、いつも私のことを心配してくれたのは、レフリーとして活躍されたタイガー服部（服部正男）氏である。明大ＯＢでアマレスのバンタム級のレスラー。私の1年先輩で、共にソ連遠征のメンバーであった。米国に渡り、明大ＯＢで東京オリンピックに出場したマサ斉藤選手の世話をしているうちにレフリーになられた。頭が良くて気のつく人で、いつも電話をくれる。

多くのレスラーと接してきたが、どんなに悪役のレスラーでも紳士である。紳士でなければ、本当の殺し合いになってしまうだろう。

「ちょんまげ先生」誕生

専大に勤務する頃から髪の毛を伸ばし始めた。レスリングでできた左の耳たこを隠したかったためだ。ある日のこと、私の長髪を、小学生だった長女が面白がってちょんまげにしてくれた。「作業するにはこの方が便利だな」と気付いて、このヘアスタイルを通すことにした。

「ちょんまげ先生」のインパクトは強かった。女性は毎日のようにヘアスタイルを気にするので髪型に偏見を持たないが、男性は奇抜な髪型を嫌う。テレビ出演で好評だったのは女性の視聴者だったらしい。ちょんまげが受けたのである。すっかり私のトレードマークとなり、名前の代わりに「ちょんまげ」とも呼ばれていた。私は日体大武道学科の1期生で、武士道を学んだ。サムライのようでヘアスタイルが気に入り、このスタイルで押し通そうと決めていた。女性人気が高まったからか、「エバラ焼肉のたれ」のCMに秋野暢子さんとともに起用された。やがて男性にも人気が高まったのか、「紳士服エフワン」のCMにも出演するようになった。

ＮＨＫやメジャーの番組のレギュラー出演者にもなった。毎日のようにテレビ局を回り、休日は地方講演で多忙を極めた。このときも、常に政治家になる意思はあった。しかし、政治家になるには選挙の洗礼を受けねばならない。出馬には金も必要だ。そのため、依頼された仕事は断らず、したたかに働いた。『ビートたけしのTVタックル』（テレビ朝日系）、古舘伊知郎が司会を務めた『クイズ日本人の質問』（NHK）はいずれも高視聴率を記録した。

「ちょんまげ先生」は、どこへ行っても私だとわかるようになり、人気者になりつつある己を意識した。テレビやラジオに出て、いろいろな批判も受けた。「くだらない番組に出るな」「髪のスタイルを普通にしろ」。そんなことは全く気にしなかった。ヘアスタイルだけでは認められないだろうが、己の目的のためには独自性と強烈な個性を創り上げる必要があった。娘の遊びが私を有名人に押し上げてくれたのである。

専大は私のテレビ出演を容認してくれた。ただし、専大教授の肩書をテロップに入れるように、という条件が付いた。本来、大学には週4日の登校が義務だ

紳士服の広告用に撮影

ったが、私は2日だけでよくなった。もっとも、教授会出席を義務づけられたのは申すまでもない。ノルマの4コマの講義は、当然ながらこなした。

テレビ出演により、有名人の仲間入りをした実感があった。しかし、テレビ出演のために授業を休むことはなかった。必ず批判されると思ったし、本業をおろそかにしてはならないと心に決めていた。研究のために時間をかけるのが難しくなっていたが、常に論文を発表した。各種加入していた学会の活動も熱心にこなした。学者である以上は、他大学の学者たちにも信頼を得ないと、ただのタレントになってしまう。

専大に入ると、週に1日は二部（夜間）の講義を持つことになった。専大では、教員は大体2、3年間を二部で教える習慣があった。私は

テレビで売れっ子になる。硬いイメージを軟化させる工夫をしたプロモーション用の写真

退職するまでの18年間、二部の授業を務めた。父が夜間大学で苦学したのだから、父への恩返しの思いで二部の授業の担当を続けた。

なぜか教員は二部の講義を好まない。しかし、苦学する二部の学生たちと接すると、一般学生と異なった空気を持っていることに気付く。そして、彼らから多くのことを学ぶことができた。二部の学生との会話は貴重な取材であった。多種多様な職種の学生がいるのだから楽しかったし、さまざまなことを教えてもらった。

二部の講義を持つことは、時間に余裕を持つことにもつながった。松浪ゼミとして私はスポーツと無関係のゼミ「シルクロード研究」を開講していた。今日でも元ゼミ生が集まってくれるが、多様な分野で活躍してくれているのが嬉しい。ゼミ生たちは身近な存在だった私が転身に次ぐ転身で大きな刺激を受けたと語る。

しかし近年、各大学は赤字幅が大きくなったことを理由に二部を廃止する傾向にある。文部科学省の補助率も低く、学力の高い学生が入学せず、すでに役割を終えたと考えているようだ。これからは移民らしき外国人が増加してくると二部は必要になる。少なくとも、外国人に対しては日本語をきちんと指導するコースくらいは考えるべきであろう。

専大の森口忠造（ちゅうぞう）理事長から、私に予算をつけるから「中東問題研究所」をつくりなさいというありがたい話があった。アフガン問題で私が売れっ子になっていることと、中東はエネルギー問題やイスラム問題で大事になるので研究所があるといいと理事長は考えたらしい。私はお断りした。いずれ退職して政界へ行く決意をしていたので、専大に迷惑をかけてはならないと思った。ただ、専大在職中は大学にあらゆる協力をさせていただいた。現在でもこよなく専大を愛し、レスリングの会合には顔を出している。私にとっては専大も母校なのである。

カブール大の教え子を支援

1980（昭和55）年7月19日、モスクワオリンピックが開催された。前年のソ連のアフガニスタン侵攻が問題になり、日本を含む西欧諸国が参加をボイコットした大会であった。

こんな体験がある。モスクワオリンピックの2年前、中国の国家体育委員会に招かれて、レスリングのコーチとして指導することになった。中国もいよいよスポーツに本格的に乗り出したころであり、中国では連日、「熱烈歓迎」だった。

歓迎パーティーの席で国家体育委員会のある幹部が私に「練習方法から心構えまで日本式でやってください」と要請してきた。他国と練習がそれほど変わっているわけではなく、「日本式」の意味が分からなかった。

通訳がそっと耳打ちしてくれた。「センセイ、シゴキのことですよ」と。日本女子バレーボールチームが「東洋の魔女」と言われるまでなったのは大松博文監督の「シゴキ」があったからということのようだ。「日本式＝シゴキ」には驚いたが、体格の小さい日本人が世界に勝つには極限まで練習しなければならないのは当然のことと思っていた。

モスクワオリンピックのアフガン代表選手を指導する

モスクワオリンピックに話を戻す。

アフガンのレスリング選手団がモスクワオリンピックに出場することになった。ところが、選手団11人のうち7人がモスクワへは行かず、カブールを脱出し、1980（昭和55）年7月5日パキスタンに亡命したのだ。アリ主将をはじめとする私の教え子たちだった。私は急ぎペシャワルへ行った。教え子らは「ソ連をたたえるオリンピックに参加できない。亡命したのはマレムセイ（先生）の指導を受けた者たちばかりだ」と。そこから、教え子の救援活動を考えなければいけないと考えるようになった。

この事件に先立つ同じ年の3月11日、カブール大の同僚だったイスラム学専門のラバニ教授が「ジョミィアティ・イスラミ（イスラム社会党）」というゲリラ組織を率いていたことを知ったのだ。私はペシャワルへ飛び立った。

ボディチェックを受けてイスラム社会党「本部」に入った。そのときラバニ教授の隣にいた男に驚いた。大学レスリング部の選手で、わが家にすき焼きを食べに来ていたアブドラ・シュークだった。

アフガンゲリラ「ムジャヒディン」となったカブール大の教え子たち＝パキスタン・ペシャワルのイスラム社会党本部にて

彼らは3年間、物置小屋のような道場で、汗まみれになり歯を食いしばって練習してきた。「先生の指導を受けた学生が大勢います。案内しましょう」と200メートルほど離れたアパートに案内された。そこはヘズビ・イスラミ（イスラム党）の司令本部だった。シュークは「ジョミィアティとヘズビは共同作戦をとる間柄」と紹介。授業では一度や二度ビンタやげんこつを食らった教え子たちが、ゲリラの一員として目の前にいた。

カブール大学では3200人近い学生と数十人のナショナル・レスリング・チームの選手を教えた。彼らに聞くと、20％はゲリラに参加、5％は親ソのカルマル政府側、残り75％は国を捨て、イランやアラブ諸国に散っている。敵と味方に分かれていると思うと、頭は混乱し、「頑張れ」なんて安易な言葉をかけられなかった。

その前にペシャワル郊外にあるアフガンの総領事館に行って入国許可をもらおうとしたが、拒否された。「私の愛したアフガンはどこへ行ったのか」との思いだった。

10日程、司令本部で寝食を共にした。一般兵士たちは赤いアフガン絨毯の上に薄い布団を敷き、幹部は「チャハールポイ」と呼ばれる木製ベッドに寝る。私もベッドに案内されたが、一般兵士と同じ部屋を希望した。

夜明け前、コーランの朗誦で目覚める。朝食はノンというイースト菌が入っていない薄いパンに紅茶。昼飯はスープとノン、夕食はそれに生タマネギのぶつ切り。スープはアルミの洗面器に入っていて、ジャガイモが2、3個浮いている。これを5、6人で囲み、ノンを浸して食べる。まかない役が「肉はここに来てからは食べていないが、週に一度は食べたいね」と。この食事だけではつらかった。2日目には吹き出物ができ、口の周りと唇を刺激した。

ある日、教え子のカユンが1冊の手帳を持ってきた。「戦利品」だという。ヘズビ・イスラミのゲリラに撃ち落とされたソ連空挺部隊の兵士が握っていたものだったという。手帳には戦争風景のイラストを水彩絵の具で描いたものや、戦争を批判する詩がローマ字で記されていた。

後に「血染めのソ連兵の手帳」として、『アサヒグラフ』で大きく報じていただいた。

私はとっさに尋ねた。「兵士はどうしたのか」。「当然殺しました。目玉をえぐり、死体を20センチ間隔に切り刻みました」。「復讐の掟通り」とまで言った。「国際的な支援を得られない」と反論したが「『目には目を、歯には歯を』というイスラムの戒律に従ったまで。われわれの子女もソ連兵に殺された仇討ちだ。この無残な死体を見れば、ソ連もアフガン国民の怒りがどれほど大きいか分かるはずだ」とカユンは言った。

イスラム暦の元日は3月21日（ナウルーズ）。

滞在が長引くにつれ、「レスリングを教えてほしい」と頼むゲリラが多くなった。午後3時の3度目の礼拝後に、実戦向けの格闘術教室を開講した。レスリングでは頭から投げ落とすのは反則なのだが、この教室では一撃で相手の頭をたたき割ることばかりの指導だった。ゲリラたちの士気高揚にはなっただろう。しかし「自分は教師である限り、この戦争が続く限り、苦しい立場に置かれる」と実感。「中立」であることに悩んだ。

ある日の朝、教え子のムタワジの姿が消えていた。カユンに聞くと「山の中に入った」と。ゲリラ・グループを指揮して戦場に出かけたのだ。死刑執行のように突然命じられ、出撃は1回目の礼拝の前に発つ。カユンはこう言った。「マレムセイ（先生）に彼から伝言があります。『家族の全員が殺され、カブール大学の多くの同級生たちもソ連の銃弾に散っていきました。

復讐せねばなりません。久しぶりに学生時代の楽しい思い出に浸れました。ありがとうございました』」。教え子が戦場に出るつらさ。この経験は日本人の教師には悪夢というしかない。文字通り、教え子を戦場へ送る教師にされた悲しみは大きく、大国ソ連を恨むしかなかった。

このとき、「身分証明書」をもらった。ペルシャ語で「この者はムジャヒディンであることを認める」、裏面に「ジハード（聖戦）においては、命を懸けて戦う。イスラムの戒律を忠実に守る。アフガニスタンを愛する」。顔写真があり、横に「現住所、JAPAN　№1」、それに父の名と私の名が記入されている。

ムジャヒディンとは、ジハードに立ち上がった「聖なるイスラム・ゲリラ兵」を意味する。「殉死する者」が原義だ。この証明書によって私はイスラム党のゲリラということになる。当時、外国人のアフガン・ゲリラは私一人だけだったろう。

ペシャワルのアパート群の一角に居を構える「ヘズビ・イスラミ」の司令本部にも兵士台帳があり、私は外国人の「№1」となっていた。つまり、私も兵士の一員になってしまったのだ。

アフガンの教え子への支援はこのころから本格化した。大学の長期休暇を利用した。教え子から病院のナースコールのボタンを買ってほしいとよく頼まれ、秋葉原の電気街で買って届けたこともあった。ナースコールは爆弾の爆発装置に用いるのだという。便利な日用品が武器になるんだと思ったものだ。

自分の講演活動は、当初の自分の教養を生かそうというものから、教え子の支援の資金集めの意味合いのものになってきた。

当時の日教組は「教え子を戦場に送るな！」というキャンペーンを張っていた。自分たちの住む地が戦場にならないと決め込んで、戦場は遠い地にあるとする思想なのだが、現実は全く異なっていた。自分の生活の場所が戦場にならない保証はない。自分の命さえ守れずにいろということなのか。何が戦場云々なのだろう。日教組の未熟さはアフガンを見ればよく判った。

日本の学者の世界は軍事技術の研究に後ろ向きだ。軍事技術研究は単に軍事にとどまらず私

カブール大の教え子たち。アフガンゲリラ「ムジャヒディン」となってソ連軍と戦う面々

たちの生活向上にも役立つ事例が多い。自動車やスマートフォンにあるGPS（Global Positioning System＝全地球測位システム）は代表例である。

日本学術会議が「戦争を目的とする科学の研究は絶対にこれを行わない」と決議したのが1950（昭和25）年。学術会議や主要大学は今でも軍事機関と関係を持つべきではないという態度だ。軍事研究には自衛のための研究もあるのではないか。それも認めないのであれば「学問の自由」「研究の自由」は守られないのではないか。日本の知的財産を放棄するに等しい。逆に、民生用に開発したものが軍事に転用されることもある。ナースコールを開発した人は爆発装置になると考えただろうか。決議をした当時と今とでは社会状況は大きく変わっているのではないか。

「タレント教授」は本もドンドン出した。学術書という高尚なものだけでなく、「逆玉」をウリにした書や、「ワル」の極意なる書も出した。すべては自分の体験談だが……。「ワル」シリーズはベストセラーとなった。

ちなみに、「ワルの極意」とは、簡単に言うとこんなものだった。自分は三流大学を出た「落ちこぼれ」なのに、学生結婚で良家の家内をもらえた。ちょんまげヘアの教授ということで知名度は十分に上がった。「頭の善し悪しは関係ない！　ちょっと常識外れの知恵を出して行動をすればビッグになる道はいくらでもある」と。最近の小説やテレビ番組で「倍返し」という言葉がはやった。私はそのときから「一度受けた屈辱は、十倍にして返せ」と言っていたが。

「タレント教授」と言われるようになり多忙を極めるとともに、子供のときから考えていた夢を実現させるときが来たとも考えた。政界にいよいよ打って出るときではないか、と。

教え子を戦場へ送った経験者として、平和がどれだけ尊いか、私は身にしみている。そのための人生にしなければならないし、政治を志す目的は世界平和のためでなければならないと考えるようになっていた。テレビのCM2本に出演するばかりか多くのレギュラー番組を持つタレント教授として機会を逸してはならないと考えていたし、年齢的にも余裕がなかった。いつまでもタレント教授で満足するわけにはいかなかった。

加えて、衆院選に出馬するに十分な資金も自力で準備することができた。カバン（資金）、カンバン（知名度）はできた。ジバン（地盤）だけが問題であったが、迷わず故郷からの出馬を決めていた。当時の私の知名度からすれば、東京や神奈川でも当選できただろう。それにもかかわらず、故郷を選択した。父が失敗したリベンジに固執したのである。

ついに目標の政界へ

政治家へ意欲を強める中、偶然にも新党さきがけから参院選出馬を打診された。1995（平成7）年のことだった。声を掛けてくれたのは、後に民主党を旗揚げして首相になる鳩山由紀夫代表幹事。鳩山さんは専大助教授をしていたことがあり、大学で一緒に過ごした縁だった。同じ経営学部で、教授会では机を並べた。

党本部での面接で、鳩山さんはこう言って出馬を勧めた。「党が（資金の）面倒を見る」。さすが鳩山さん、という感じだった。が、断った。国会議員になるなら衆院だろうと。参院議員は乗り気になれなかったのだ。それに、元同僚の世話になりたくなかった。

1996（平成8）年10月の衆院選に初めて立候補した。

ちょうど、衆院の選挙制度が中選挙区制から小選挙区比例代表並立制に変わる時期にあたり、各党とも300の選挙区の候補者擁立を急いでいた。私は自民党公認で故郷の泉佐野がある大阪19区から出たいと大阪府連に申し込んだら、断られてしまった。「中山太郎元外相の地盤だから」と。私は勝つ自信はあったので、選挙区を変える気がなかった。

そこで、新進党が公募しているのを聞いて応募した。小沢一郎党首の側近であり、隣の和歌山県を地盤とする中西啓介衆院議員（元防衛庁長官）から電話があり、「党本部に来てほしい」。行ったら、その場で即座に内定。こうして、最初の選挙は新進党から大阪19区で立候補することになり、初当選を果たした。政治家になるという志を実現させたとき、私に活力があると、多くの人たちが協力してくれたことに感謝した。高校の先輩や後輩も強烈な応援をしてくれた。

ついに私は衆院議員として国会議員のバッジを胸につけるようになった。若い頃から目指した目標を達成した瞬間であった。夢を持ち続け、そのために計画を練り、一つ一つ実行することで、自力で政治家になることができた。幕末の志士に大きな影響を与えた吉田松陰の教えを守ったたまものであったと回顧する。

「夢なき者に理想なし、理想なき者に計画なし、計画なき者に実行なし、実行なき者に成功なし。故に、夢なき者に成功なし」

この松陰の言葉を私はいつも念仏を唱えるように心の中で反芻する。そしてついに、第1の目標を達成することができた。その喜びは表現できぬほど大きく、自信になったのは申すまでもない。

自民党はといえば、中山氏がてっきり19区から出ると思ったら、隣の18区だった。ではなぜ

初出馬の街頭演説

中山氏は19区から出なかったのか。後々聞いてみると、中山氏サイドが私とぶつかるのを避けて隣の選挙区に移ったということのようだ。テレビ番組やCMにも毎日出ていたし、全国各地で講演して「ちょんまげ先生」は誰もが知っていた時代だったから、自民党の重鎮でも私を避けたのかと思った。長兄が大阪府議をしていた関係もあり、強い候補者として認知されつつあったので、自民党はなかなか私の対抗馬を決めることができなかった。

出馬したのは、元府議の池尻久和氏であった。立派な政治家で、私の結婚式にも出席していただいた旧知の方だったが、戦うことになってしまった。関西国際空港のために活躍された池尻氏ではあったが、時の流れは私に移っていた。私は相手の悪口など口にせず、ひたすら政策を訴えた。とにもかくにも父のリベンジを果たした、いよいよ故郷に錦を飾る、といえば聞こえはいいが、地元から出たことについては後悔するのだ。新進党は、私が強いと読んだのか、応援に来てくれたのは神戸の石井一・元自治相一人だけだった。

当選した翌朝、私は一人で両親の墓前に報告に行った。手に負えない、どうしようもない息子が国民の選良として舞台を与えていただいた報告。涙がしばらく止まらず困ったことを覚えている。

2度目の当選を喜ぶ

オリンピック選手になるのも大変だが、政治家になるのも大変だった。ただ政治家は、バッジをつけてからの修行と勉強がさらに大変だった。

国会議員として最初に取り組んだのはスポーツ振興くじ法、いわゆるサッカーくじ法の成立だった。当時の文部省の体育局長が私の高校の先輩だったので、勉強会メンバーとして参加していて、詳しかったのである。

レスリングをしていた縁でスポーツ振興議員連盟に加盟した。議連入りを勧めてくれたのは、文相や通産相などを歴任し、後に首相になる自民党の森喜朗衆院議員だった。議連は文教族の集まりで、各党の重鎮クラスが名を連ねていた。森さんは文教族のドン。私は当然ながら末席、ではあるが、議員立法で法案を提出することになり、私は提出者の1人になるばかりか、法案作成に関わったということで答弁に立つことになった。新たなギャンブルが生まれるとか、子供に害だなどといってサッカーくじ法案に反対する議員も少なくなかった。こういう批判に対する反論は大体、私が答弁することになった。「スポーツ振興のための資金集めであります」と。

だれもが答えたがらないような質問に率先して答えたことで、森さんは「松浪君、頑張っているな」と褒めてくれたものだ。森さんとの縁はその後もいろいろなところで関わってくるが、法律が施行されたとき、私が所属していた政党は新進党ではなく自由党になっていた。

もし、サッカーくじ法が成立していなければ日本スポーツ界の強化はできなかった。欧州では「トトカルチョ」としてサッカーくじが日常のものだったのに、日本では反対者が多かった。政治家になり最初の議員立法を成立させ、日本スポーツ界に貢献できたのは、議員として大きな自信となった。後々、多くの議員立法を成立させたが、私は大政党の所属ではなかった。多くの政党に仲間を持つことができたからだと思う。

野党議員時代には、特定非営利活動促進法（ＮＰＯ法）の制定にも関わった。社団法人や財団法人の設立には官庁の認可が必要であり、設立に時間と労力を要した。代わって、民間人が容易に設立できる団体をつくるべきだと、小池百合子衆院議員らと勉強して法律の制定を目指したのだ。

小池さんは阪神・淡路大震災の体験から、ボランティア団体に法人格を与えればより効果的な活動ができると考えた。事務所を借りるにも、寄付金を集めるにも、法人格が与えられれば容易になる。自由党議員になっていた１９９８（平成10）年３月にＮＰＯ法は成立した。

当選し、胸に議員バッジをつけると人間が変わる。いや他の人たちが議員を変えてしまうのかも知れない。政策について、法案について必死になって勉強する必要があった。全く勉強しない同僚議員もかなりいたのにはショックを受けた。国民の負託に応えねばならない仕事なのに、バッジをつけただけで満足する議員の多さに驚かねばならなかった。選挙区の有権者たちは、政治家の本質を見抜く能力がないことを悲しまねばならなかった。

私は必死に勉強し、当選３カ月後の１９９７（平成９）年には、通常国会の衆院予算委員会で初質問をさせていただいた。質問時間は２時間。新人にとっては大舞台、やりがいがあった。

テーマは、新年早々に起きた「ロシア船ナホトカ号の重油流出問題」で、重油回収作業の初動が遅れたとして政府を追及するもの。古賀誠運輸相が両手を組んで私の質問に頷いてくれたのが印象的であった。このデビューは、スポーツ紙は大きく書いてくれたものの、一般紙はナシのつぶて。政界は甘くなかった。が、質問させてくれた二階俊博先生には私の政治家としての素養を認めていただいたと思う。それから私の質問回数は100回を超えた。

国会に出てみると、多様な人たちが議員になっていることがわかる。私のように独力で議員になった者、親の後継者として当選した者、大きな組織を背景に政治家になった者という具合だ。一人一人個性を持ち、魅力的な議員もいたが、私は議員間の中に埋没しないよう気をつけた。ともかく勉強をして、他の議員たちに尊敬されなければならないと思った。バッジを付けて憧れた議員になったからといって満足せず、新たな挑戦が始まったのだと思った。

1998（平成10）年の第142回通常国会で代表質問する著者。奥は橋本龍太郎首相

自由党、そして与党の一員に

私が入った新進党は、小沢一郎党首の党運営が強引だという不満から内部で対立し、初当選から1年余り後の1997（平成9）年の年末に解党した。私はメディアから「◎◎チルドレン」の走りである「小沢チルドレン」の1人に数えられていた。しかし、自分はチルドレンだと思ったことは一度もなかった。そもそも、小沢さんの子飼いだとは一度も思ったことがなかった。小沢さんが目指す政治が最善であるとの思いから、何のためらいもなく自由党結成に参加しただけのことだった。

政治の師は小沢さんというより、二階俊博国対委員長だった。

二階さんは、小沢さんとともに1993（平成5）年に自民党を離党して新生党を結成。新進党、自由党と小沢さんと行動を共にしてきた。

小沢さんはというと、この当時は安全保障政策で「普通の国」、経済政策で徹底した自由主義を唱えていた。「Ｆｒｅｅ、Ｆａｉｒ、Ｏｐｅｎ」が自由党のキャッチフレーズになっていたほどだった。

二階さんは毎朝、国対委員長室で勉強会を主宰していた。各省庁の官僚や学者らを招いていたのだが、毎朝参加していると、政策のプロセスが分かるようになり、官僚との付き合いも増えた。二階さんも若手を鍛えるとともに人脈づくりを手助けしようという考えだったのだろう。「二階学校」の学生という気分だった。

1998（平成10）年1月に結成した自由党は当初、メディアからさほど注目されなかった。何せ、結成時は100人以上が集まるといわれた政党が、実際には54人での船出だったからだ。「小沢の時代は終わった」というメディアの報道姿勢を感じたほどだ。

同年夏の参院選でも、メディア等の事前予想は、自由党は1議席程度、要は惨敗という見立てだった。ところが、予想を上回る6議席を獲得した。選挙後に誕生した小渕恵三政権は自由党との連携に舵を切る。小沢嫌いを公言していた野中広務官房長官の「悪魔にひれ伏してでも」という名言が出たのもこのときだった。

小沢さんは、当初は野党共闘で臨み、小渕政権最初の国会となった臨時国会の首相指名では民主党代表の菅直人氏に投票するよう指示した。防衛庁調達実施本部背任事件の責任を問われた額賀福志郎防衛庁長官の問責決議に賛成するよう指示し、現行憲法下で初の大臣に対する問責決議となった。しかし、臨時国会の焦点になった金融再生法の審議をめぐり菅氏が「政局にしない」と発言したことで、野党共闘は限界と感じ、逆に政権入りを容認する姿勢に転じた。

11月19日、小渕首相と小沢さんが首相官邸で会談し、自民党と自由党の連立に向けた協議を始めることで合意した。ところが、協議は難航した。自民党から「自由党は多数の閣僚ポストを求めている」とか「小沢が恫喝している」といったデマが流された。たしかに、小沢さんが求める政策合意は自民党にとってはハードルが高かったかもしれない。

小沢さんと自民党の間に入って苦労されたのが二階さんだった。自自の政策協議が難航し、メディアからは「自自連立断念」という論調も出始めた。二階さんは年末、小沢さんに「政策の合意の重要さを分かってもらうべきだ」などと言って党首会談の開催を進言した。小沢さんも政策合意が最優先だと応じて小渕首相との会談に臨み、連立に向けて確認ができた。そして1999（平成

1999（平成11）年11月、自由党両院議員総会の司会（右）を務める。中央左から二階俊博運輸相、中西啓介国対委員長、藤井裕久幹事長、扇千景参院議員団長 ＝ 東京・赤坂

11）年1月14日に自自連立政権が発足した。
　自自連立はちょうど20年前のこと。自自政権は、この年の通常国会で、国旗国歌法や周辺事態法などの重要法案を続々と成立させた。政府委員を廃止して副大臣や政務官の制度の導入を決めたのも自自連立だった。経済界からも世論からも評価され、小渕内閣の支持率は上昇した。通常国会後半になると報道機関の数字は軒並み、支持が不支持を逆転した。

　国旗国歌法では、衆院内閣委員会のメンバーとして大活躍した。相当な勉強をして、野党の主張を次々に退けた。金メダルを取れば「日の丸」が上がる。怒る国民がいるのか、と。


　話は前後するが、自自連立発足のころ、自民党から同年4月に実施の大阪府知事選出馬の打診があった。再選を目指す横山ノック知事の対抗馬としてだった。

　東京・築地の料亭に呼ばれると、そこにおられたのが森喜朗幹事長。座布団に座っておられた森さんはしばらくして、私なんかに頭を下げて「ぜひ出てくれ」。1年生議員ではあったが、世間の知名度は十分。ノック氏には負けないと自負していた。しかし、即答はせず、「党と相談して決めます」と言って、ここは場を離れた。小沢党首にぜひ相談しなければ、ということで相談した。ここで小沢さんはなかなか厳しい言葉を浴びせてきたのだ。

「松浪君は町内会の会長になりたいのか？」

「君は外交と安全保障が得意じゃないか。外交と安保は国会議員でないとできない」

全くその通りだ。私は感服した。

森さんには丁重に出馬を辞退した。小沢さんの話には説得力があり、私は「なるほど」と思い、衆院議員として己のやりたい仕事を再確認した。教え子のいるアフガニスタンを救うことを忘れてはならない、外交をきちんとやらねば、と。世界平和を目指すためには、地方政治家であってはならないと考えた。小沢さんの判断力と理論武装の素早さは魅力的で、さすがに大政治家だという印象を持った。

自自連立は、私にとって初めての与党入りであっただけに嬉しかった。野党の攻撃側から法案を成立させる側に回っただけに、国会議員を実感するようになった。野党時代、私はすべての委員会で質問したが、与党になっても大政党ではなかったために毎日のように質問席に立った。質問をするためには勉強をせねばならない。振り返ると、当時の私はタフだった。ちなみに、質問者をいつも私に指名したのは二階さんだった。

自由党のときはこういうこともやっていた。東京・六本木に国立新美術館がある。あの場所にはかつて、旧陸軍歩兵第３連隊の兵舎が置かれ、第二次大戦後は東大生産技術研究所などに使われていた。１９２８（昭和３）年の完成当時は「東洋一の近代兵舎」とうたわれたほどだった。また、歩兵第3連隊といえば、2・26事件を起こした部隊の一つで有名である。

文部科学省は、老朽化が著しいという理由で旧兵舎を取り壊し、黒川紀章氏の設計による斬新な美術館を建設すると決めた。私は河村たかし衆院議員（現・名古屋市長）らとともに「由緒ある建物を壊してはいけない」と取り壊し反対の運動を展開し、衆院文教委員会でも追及した。襲撃された首相官邸（現・首相公邸）も残っているんだから、2・26事件の遺産として残すべきだと思ったのだ。この問題は小泉純一郎政権になっても衆院の予算委員会や文部科学委員会で遠山敦子文科相と論戦を交わし、私の判定勝ちを印象づけることができた。

老朽化といっても、今の建築技術では修復しての保存は可能なはずだった。結局、黒川氏の設計に合わせる形で一部を「新美術館別館」として保存することになった、といっても残ったのはわずか長さにして18メートル分、兵舎全体の数%もあろうかという程度でしかない。しかし、よく考えてみると既に予算が執行される案件で、建物の一部といえども現物が残ったのは驚くべきこと……と日本建築学会には驚きをもって喜んでいただいた。着工を前にして、当時の文部科学省の高官は、旧兵舎を「忌々しい」などと言って解体に積極的だったと聞いた。驚くべきことだった。後年、文科副大臣に就任するとき、銭谷（ぜにや）眞美（まさみ）文科事務次官が「旧兵舎は保存すべきでした」と言ってくれたが、わずか18メートル分しか残っていない建物から往時の姿を思い浮かべるのは無理だというしかない。それでも、元兵士が見学に来ているので、2・26

事件は風化せずにあるのが嬉しい。

以来、古い建造物を遺す運動が各地で起きると、必ず私に陳情があった。当時の河村建夫文科相は私に協力してくださり、いくつもの建造物を保存活用することができた。特に外務省の研修所が東京都文京区にあったが、老朽化が進んでどう処分するかという問題が耳に入った。保存を条件に、隣接する拓殖大への払い下げに骨を折った。この件も建築学会や建築士の皆さんから喜んでいただいた。

政権与党に所属する議員には、野党議員に比して大変なパワーがあった。河村たかし氏とは新進党で同僚だという関係にあったが、私が与党にいたため、よく私に陳情に来られた。

野党を経験している私にとって、政治家として政策を実現させるには、与党の一員でなければならないことを痛感させられた。官僚の対応も異なり、レクチャーも与党だと親切であった。特に私が質問者になる可能性の高い法案については熱心に説明してくれた。与党の議員の中には質問を官僚に作らせる者も散見できたが、私は一度もそんな八百長質問をすることはなかった。すべて自分でやった自負がある。

国会議員は、ときに官僚をバカにして威張る。そんな光景を見ると、私はそんな議員との交際をやめた。私は役人、官僚に指導していただくという姿勢、教えを請うという生徒の心境で接することにしていた。官僚間に人気がなくなると省庁への陳情もうまく運ばない。私などはいつも助けていただき、大きな協力をしていただだいた。出世した有力議員をこっそり観察していると、官僚に対して威張る人は不在だった。野党の質問を聴いていると、役人や官僚に厳しく優越感に浸っているかのごとく見下している印象を受けることが多い。体制を批判するクセがつくと威張るようになるらしい。そんな人たちが政権を手中にしても、官僚に協力してもらえないため、国民のための政治ができなくなってしまう。

野党を経験して与党入りすると、その格差に驚く。悲しいかな、野党では国民の陳情、自治体の要望に応えることができないが、与党入りすると状況は一変した。何よりも、与党にいないことには、政府の中に役員として入ることができない。政府の中に入ってこそ政治家、そのためには当選回数を重ねるしかないのだ。

初出馬の際、野党だったので、支持者に経営者や実力者はいなかったが、与党入りすると支持者の層も変わった。地域の有力者がおしなべて松浪支持へと転じてくれた。初めて政治家として認められたような気分を味わった。

小沢一郎氏との決別

1999（平成11）年秋に公明党が連立政権に加わり、自自公政権になった。その前から何となく分かっていたことなのだが、小渕恵三政権の本当の狙いは公明党との連立だった。先の通常国会では連立を組んでいた自民、自由両党に公明党が加わった3党で法律が成立したから、何れは自自公なのだろうと。参院では当時、自自両党だけでは過半数に満たなかった。公明党の支援があってようやく過半数になったのだ。

自民党は野党時代に公明党と同党の支持母体である創価学会を激しく攻撃していた。政教分離の観点からだった。一方で公明党は、地方行政で共産党と戦い、むしろ自公関係は良好。そこで自民党は、公明党とくっつくのは党内や世論の抵抗が起きるだろうとみて、まずは自由党を仲間に入れる作戦だったのだ。自由党はいわば、自民党と公明党の「緩衝材」であり「接着剤」だったわけだ。

小沢一郎党首からすれば不愉快きわまりないことだったと思う。同時に、自由党が政権の中で埋没してしまうと危惧したのだろう。小渕首相に「連立政権離脱」をちらつかせ、私たち自由党の議員には自分に同調するよう圧力をかけるようになった。衆院選が近づいていて、自民党との選挙協力が思うように進んでいないという現状も小沢さんをイライラさせたのだ。案の定、小渕内閣の支持率が自自公連立になると下がった。このことも小沢さんの鼻息を荒くさせたかも知れない。

私は政権に残ることを選んだ。地元にある関西国際空港（関空）の第2滑走路建設といった焦眉の急といえる課題があり、野党では地元に貢献できないと思ったのが理由だった。2000（平成12）年2月末ごろから、私を含む若手5人ほどが野田毅元幹事長に会い、「連立離脱だけは避けてほしい。連立政権に残って衆院選に臨むべきだ」と申し入れた。野田さんも「その通りだ」と応じてくれた。自由党内は徐々に連立残留組と離脱組に色分けされていくことになった。与党内にいなければ、アフガニスタン問題という外交もできなくなってしまう。この問題は私にしかできないのだから。

3月4日、小沢さんは極秘に小渕さんと会談して自由党の自民党への合流を持ちかけた。小沢さんは合流で自由党議員の生き残りを図ろうとするとともに、自らも自民党に復帰して影響力を行使しようと考えたのだろう。小渕サイドの提案は「小沢氏抜きの合流」。小渕さんらは小沢さんが党内をかき回すのを恐れたのだと思う。小渕さんは小沢さんの能力、手腕を恐れたのだろう。それでなくても、議員定数削減をめぐって離脱をちらつかせていたわけだから。

小渕サイドの提案に対する小沢さんの返事は「NO」。政権離脱へ一気に突き進んでいった。

3月末、小沢さんらの離脱組と、野田さんや二階俊博運輸相を中心とする残留組とに、いよいよ自由党分裂は避けられない事態となった。日がたつにつれて残留組の数は増し、中西啓介国対委員長や小池百合子衆院議員、さらには私と当選同期であり「小沢チルドレン」を代表する元官僚までもが加わった。続々と小沢さんの元から離れていったのである。後に沖縄北方担当相になる江崎鐵磨（てつま）衆院議員とともに小沢さんに「私たちは二階先生と行動を共にします」と伝えた。小沢さんは「あ、そうか。選挙頑張れよ」と。残留組は4月、扇千景参院議員（後に国土交通相、参院議長）を党首とする保守党を結成した。

もし小沢さんが、小渕さんとの会談で「小沢抜き合流」に対して「それでもよい」と返事していたら、まさに男になれたのではないか。そして、自由党と保守党に割れることもなかったし、小沢―二階コンビが瓦解することもなかったのではないか。小渕さんが倒れる直前となった最後の小渕―小沢会談がサシの会談ではなく、中西啓介さんや二階さんが同席する会談であれば、状況は異なったのではないか。

小沢さんは中西啓介さんと二階俊博さんの2人がいて存在感を出せたと思う。この2人が支えていたときは安定感があった。彼らとの関係がおかしくなってからの小沢さんは暴走というか理不尽だった。小沢さんはかつて「普通の国」を目指すといって、普通に軍備を持つ必要があり、それを踏まえて外交安全保障を考えていくという人であった。自由主義にこだわり、小さい政府を志向していた。そういう国家観を持っていたはずなのに、今は小さな野党の一員として、数合わせに走っているだけではないか。今の小沢さんの政治姿勢はただただ寂しい。

小沢さんは英国の国会制度を日本に根付かせようとしていた。二大政党制、小選挙区制度……。新鮮に映ったこの英国の制度は日本に適していたかといえば、導入は失敗だったと思う。小沢さんの理想は国民に夢と希望を与え、好感を抱かせたが、結局は政治家を小粒にしただけだったと言わざるを得ない。

私は、ずっと二階さんと行動を共にするようになっていた。二階さんは面倒見の良さにとどまらず、人間愛があった。メンバーが減少しようとも、少人数で支え合う指導者としての魅力があり、私は共に行動することを強く意識するようになっていた。政治の場を離れても、二階さんは毎日のように声をかけてくださる。私は死ぬまで「二階派」の人間なのである。

二階さんは、小沢さんと決別して以来、一度も会っていないばかりか、小沢さんに関する話をしない。話題が小沢さんのことになると、二階さんは話題を変えるようにした。人の悪口を絶対にしない二階さん。遠藤三郎元建設相の秘書時代の話や田中角栄元首相の話はしても、小沢さんについては語ることがなかった。私たちは二階さんの性格をよく知っているので、小沢さんに関する話はタブー、いつも避けてきた。二階さんが小沢さんに関してどう考えているのか、それは誰も知らない話である。

後にあの国会での「水かけ事件」のおり、壇上にいた私は野党席上段にいた小沢さんが眼に入った。なんと野党議員に壇上へ詰め寄るように指揮しているではないか。立ちながら手を広げて指揮する小沢さん。かつての部下、同志であっても関係なし。小沢さんの人間性を見た思いがした。

2011（平成23）年、二階先生（中央）とベネズエラを旅する。妻・邦子と共に

日体大のゲストハウスの隣が小沢さんの大私邸である。この大きな邸宅に幾度も足を運んだ経験のある私は、めったに開くことのない正門を眺めながら、小沢さんの置かれている立場を想起する。正月の小沢邸はすごかった。道路の両サイドには数百メートルにわた

って黒い乗用車が列を作った。玄関には若手の議員がいて、靴の札を渡す。2階の大広間は100名以上が食事ができるほど広かった。近年、この小沢邸は寂しいのだ。

もし、小沢さんが二階さんらと行動を共にしていたなら、どうなったかを想像する。たぶん、与党の中でキングメーカーとして活躍していたかもしれない。首相にはならず、黒幕の実力者として大派閥を形成していたかもしれない。ただ、この小沢さんと一度も食卓を囲むことのなかった私は、かつて大物だった議員が、人間力の欠如から晩年、ひっそり散っていったように、そんな運命をたどるような気もする。

忘れられない「水かけ事件」

2000（平成12）年4月1日、小渕恵三首相は自由党の小沢一郎党首との会談終了から数時間後に脳梗塞で倒れ、首相を続けるのが不可能となった（小渕さんは同年5月14日に死去した）。代わって首相に選ばれたのが森喜朗自民党幹事長。青木幹雄官房長官に自民党の野中広務幹事長代理、亀井静香政調会長、村上正邦参院議員会長、そして森幹事長という「五人組」が後継首相を決めたと言われ、森内閣は船出から荒れ模様だった。そうした中で6月の衆院選を迎えた。

森さんとは、いろいろな接点があった。

初当選直後、スポーツ振興議員連盟に入り、議員立法で提出されたスポーツ振興くじ（サッカーくじ）法成立に尽力したときが最初。1999（平成11）年の大阪府知事選に横山ノック知事の対抗馬として私に出馬を要請された。そして、同年に英国で開催されたラグビーワールドカップ（W杯）に合わせて、国会議員チームに森さんから指名されて英国遠征に参加したこともあった。早大ラグビー部出身でオックスフォード大へ留学の経験がある外務官僚の奥克彦氏が「国会議員のW杯をやったらどうでしょう」と森さんに提案して実現したのだ。奥さんは外務官僚としては非常にタフな方で、後に外務政務官に就任するときもお世話になったが、残念なことに2003（平成15）年、イラク出張時に射殺されてしまった。

森元総理との関係は、最近では「（公財）日本ボールルームダンス連盟」の評議員に就いた。音楽とダンスは大の苦手。とても関わるようなところではなく、何度も固辞していた。しかし、森さんから「引き受けてやってくれ」と言われ、受諾することにした。

保守党員として立候補した2度目の衆院選は、与党に逆風だった。森首相が「神の国」と発言したことが問題視されたのだ。日本は本当に神話の国。森さんの発言に何も悪いところはない。しかし、一部メディアは盛んに「失言だ」と攻撃した。選挙戦の終盤に「無党派は寝てくれていたらよい」と言ったのは余計だったかもしれないが。

パーティーで森喜朗元首相（左）と

いずれにしても、自民党の候補者でさえ森首相の応援を断る事態になっていた。そんな中、私は「ぜひ応援に来てください」と森さんに直接お願いした。地元まで応援に来てくれたときの森さんの喜んだ表情はいまでも忘れられない。

当選を果たすと、森派会長だった小泉純一郎元厚相から「派閥に入らないか。面倒を見るよ」と声をかけられた。おそらく、森さんから話があったのだろう。しかし、そのときは「二階俊博保守党幹事長と心中する決心をしているので、動くつもりはありません」と言って断った。

日本大の理事長に就任後、森さんに、ラグビーをはじめ日本のスポーツ振興に尽力された功績から、名誉博士号を贈らせていただいた。

衆院選は、自民党が解散時の271議席から233議席に減らし、過半数割れとなった。ただ、「勝敗ライン」としていた229議席よりは上回った。また自民、公明、保守の与党3党では絶対安定多数の271議席を獲得したことで森内閣は続投となった。九州・沖縄サミット（主要国首脳会議）も開催され、森さんには見せ場だったはず。しかし、森内閣の支持率は低下の一途だった。

11月の臨時国会さなかに、加藤紘一元幹事長や山崎拓元政調会長ら自民党の中から森内閣打倒の動きが起きた。「加藤の乱」だった。加藤、山崎両氏は1999（平成11）年秋の自民党総裁選に当時の小渕恵三首相の対抗馬として立候補し、その後党内では「窓際」に追いやられていた。加藤氏らの動きに歩調を合わせ、民主党など野党は森内閣不信任案を提出した。

加藤氏らへの支持が自民党で増えれば、不信任案は可決が不可避だった。保守党は一致結束して不信任決議案に反対で臨んだ。党を代表しての反対討論演説は、野田毅幹事長が行う予定だった。しかし、野田さんから「松浪君がやったらどうだ」と。そこで、野田さんが演説するはずだった原稿に自ら手を加え、さらに小池百合子衆院議員からも手直しが入り、事前演習をやったら、「いいぞ」という拍手喝采だった。身内だから当然のことだったのだが。

11月20日夜に開会した衆院本会議。午後10時半ごろに私が討論する番が来て、意気込んで討論演説を始めた。官報に掲載された議事録によると……。

「〇松浪健四郎君　こんばんは。皆さん、大分お疲れだと思います。

自民党の皆さんもぼろくそに言われました。森総理もぼろくそに言われました。御安心ください。我々保守党は体を張ってお守りいたします。（拍手）

私は、与党の一角を占める保守党を代表して、ただいま提案されております森内閣不信任決議案に対し、けしからぬと腹を立てながら、反対の討論を行います。

討論に先立ち、まず申し上げたいことは、この時期の野党の内閣不信任決議案提出は、国民生活や国内情勢をわきまえず、国際的感覚も欠如したものであり、余りにもばかげていて、適当ではないということであります」

この時点で野党のヤジは激しいものだった。確かに、野党を挑発するような討論だから。野党が怒るような部分は、小池さんが手を入れたところだった。

「野党が政府・与党との対決姿勢を示すため、内閣不信任決議案を形式的に提出することは当然あり得ることであり、その限りにおいて、私も理解できます。問題は、その時期であります。

今日、わが国経済は、立ち直りかけてはいるものの、いまだ個人消費を中心に一進一退の状態にあり、自律的回復の軌道に乗るか否かの瀬戸際の状況にあります。わが国経済の問題は、その影響の大きさから、ひとりわが国のみならず、その動向は世界が注目するところであります。われわれは、日本発世界恐慌の引き金を引くことは断じてなりません。

今国会に提出している補正予算をきちんと成立させ、来年度予算を編成し、その速やかな成立を図ることによってわが国経済を一日も早く自律的回復の軌道に乗せることが、何よりも、何よりも重要であります。

また、来週の24日からは、シンガポールにおいて、ＡＳＥＡＮ（東南アジア諸国連合）プラス3の会談が行われる予定であります。日本、中国、韓国の3カ国の首脳が一堂に会し、経済問題、安全保障問題、北朝鮮問題、ＩＴ問題などが話し合われる予定となっております。この首脳会談は、東アジアの将来にかかわる重要な会談であり、日本のみならず、中国にとっても、韓国にとっても、極めて大切な会談であります。

さらに、来年の1月からは行政機構の大改革である中央省庁の再編が始まります。それが円滑にスタートできるよう事前の準備に万全を期さなければなりません。

このように、この時期は、わが国にとって大変大事な時期であり、政治休戦すべきときであると心ある政治家なら考えます。このような状況を全くわきまえず、内閣不信任決議案を提出した野党の姿勢は、わが国の置かれた状況を理解せず、国際的感覚を欠いた間違った対応であることを指摘しなければなりません。

また、野党はともかく与党の重大な責任ある立場の方が、野党提出の内閣不信任決議案から逃げ、欠席されたことは、その政治姿勢と人間性が問われる重要な問題であり、国民を欺く行為、まことに言語道断であります。連立を組む保守党として、このことを強く主張いたします。

そして、その反党的行為を軽べつさせていただきます」

野党のヤジは、ヒートアップの一途。

「内閣不信任決議案反対の一つの理由は、森内閣に……」

このときだった。民主党議員のヤジにカチンときたのだ。「扇千景（保守党党首）と何回やった」。とっさに、演壇にあったコップを持ち、野党席目がけて水をかけたのだ。議事録には「（発言する者、離席する者多し）」と記されているが、大勢の野党議員が演壇まで駆けつけて猛抗議し、議場は騒然となった。

私は討論を続けた。

2000（平成12）年11月、森喜朗内閣不信任決議案の反対討論中にコップの水をまいた直後。野党議員らの猛抗議を受ける中、発言を続けた。左上は森首相 ＝ 衆院本会議場

「内閣不信任決議案反対の理由は、森内閣に失政がないということであります。明確な理由も論理もなく情緒で動く現状は、山本七平氏が言うところの『空気』の研究対象になるでありましょう。（発言する者、離席する者多し）
○議長（綿貫民輔君）静粛に願います。
○松浪健四郎君（続）自民党、公明党、保守党からなる森連立政権は、さきの総選挙で国民の信任を得、衆参両院における首班指名を受け、国のため、国民のため、誠実に政策を手際よく実行してまいりました。（発言する者、離席する者多し）
○議長（綿貫民輔君）静粛に願います。
○松浪健四郎君（続）例えば、今日の国政の最も重要な課題である経済政策において、前小渕内閣の路線を堅持し、積極的な経済政策を国民の立場から推進し、わが国経済を全体として緩やかながらも改善させ、不況のどん底にあえいでいたわが国経済を見事に立ち直らせたのであります。（発言する者、離席する者多し）
○議長（綿貫民輔君）静粛に願います。
○松浪健四郎君（続）自立回復軌道に乗せるにあと一歩までたどり着いたのであります。最後に……」

私も声を張り上げていたが、激しいヤジに声は完全にかき消されていた。演説も3分の1くらいが残っていたところで、同じ党の兄貴分である元防衛政務官の西川太一郎衆院議員（後に経済産業副大臣。現・東京都荒川区長）が壇上まで来て「激しいヤジで討論が聞こえないから、もうやめよう」と言われたので、「余りにもうるさいので、反対討論を終わります」と打ち切ることにした。

降壇後も野党議員の騒ぎが収まることはなかった。共産党議員の反対討論が続くところなのだが、共産党は討論に応じず、本会議はここでいったん休憩に。

討論中、奥で自由党の小沢一郎党首が議場の前へ行けと指揮していたのを見た。小沢さんはかつての同志にも実に冷たいなあと思ったものだ。大物の振る舞いではなく、小さく見えた。

日付が変わって未明に本会議が再開となった。私は綿貫議長から「退場処分」の上、懲罰委員会に付すると宣告された。27日の衆院懲罰委員会で25日間の登院停止処分を食らった。

人間の尊厳を誹謗するヤジだったから、さすがに聞き流すわけにはいかなかった。言った奴も分かっている。でも、議員に水が届かないように工夫していた。水がかかったと被害を訴える議員はいなかった。

世間も最初は「死ね」だとか「自殺しろ」とか散々なものばかりだったが、徐々に激励が増えてきた。ヤジがひどいということが知られるようになったからだろう。私を日本ペンクラブ

松浪議員退場!!懲罰委へ
水爆弾に騒然
世紀末国会
加藤騒動吹っ飛んだ
午後10時20分ごろ
保守党 松浪健四郎氏
不信任案採決あきれた〝水入り〟
スポーツニッポン
11月21日
森ニヤニヤ

スポーツ各紙は「水かけ事件」を一面で報じた

会員に推挙してくれた直木賞作家の早乙女貢さんからのファクスには励まされた。「菊薫る　よくぞ水かけ好男子」と。もしこのヤジがいまなら、むしろ野党議員こそ懲罰にかけられたのではないか。

この懲罰についても、ちょっとした話がある。国会議員の登院停止は除名に次いで重い処分。衆院規則では登院停止は最長30日と記されている。

私の処分を決める懲罰委員会の自民党理事は当初、30日の登院停止を主張した。自民党理事は、文相経験があるベテラン議員で森派の町村信孝氏だった。これに二階俊博幹事長が激しく反論した。「森内閣の不信任案に胸を張って反対討論した仲間に、そこまで厳しい処分を科したいのか」。これで、30日より5日短い25日に決まったという。

町村氏と二階さんは初当選同期で仲も良かったが、町村氏は私と二階さんとの関係をよく理解していなかったのかもしれない。その後町村氏は、２０１２（平成24）年の自民党総裁選に出馬した。私はすでに日体大理事長であったが、こっそりと町村氏を応援した。

「水かけ事件」の影響で、内閣不信任案の採決は翌日午前4時近くまでかかった。しかし、加藤派と山崎派の議員からすれば、与党議員でありながら内閣を潰そうとする行為だったのに、本会議の採決が延びたため一部を除いて議場に戻ることができた。加藤氏はこの乱に失敗したことで首相候補から一気に脱落し、表舞台に立つことはなかった。当時は山崎派にいた林幹雄衆院議員は後日、「水かけ事件がなく、淡々と本会議が進んでいたなら、（加藤、山崎両派が詰めていた）ホテルで待機していたわれわれはどうなったかわからない」と語っている。また、加藤、山崎両氏は、森内閣が退陣した後の政権構想を練っていなかったと聞く。そうであれば「加藤の乱」はあまりにもお粗末だったというしかない。

いずれにせよ、絶体絶命にあった森内閣は継続することになった。水かけ事件から一夜明けて、二階さんの指示で全衆院議員の事務所へお詫び行脚をし、クタクタになった記憶がある。その前に、中曽根康弘元首相から電話をいただき、「事務所に来なさい」と言われ、砂防会館

（東京・平河町）にあった個人事務所に行った。中曽根元総理が著書にサインして贈呈してくださった。「信念をもって政治をしなさい」と励まされたのである。

以後、「フダ付き」の政治家になってしまったが、与党内での人気と存在感は高まった。後日、自民党幹事長であった野中広務さんからは、こそっと私に「コップ一杯の水に救われた」と耳打ちされた。もし森内閣が打倒されていたなら、国会は想像以上の混乱をもたらしたに違いない。自民党の分裂、衆院の解散、森内閣の総辞職、すべてを阻止できたのだから、「水かけ事件」は思わぬ貢献をしたことになる。

ところが、メディアは違った。地元の新聞は、私の許されぬ行動に対して批判記事を掲載していた。当日、新聞記者やカメラマンたちは加藤、山崎両氏らが国会に戻ってきた場合を想定して、あちこちの出入り口に張っていて、議場はＮＨＫのテレビカメラが回っていたくらいだったという。私の演説なんかに興味を持つ記者が不在だったのだ。なのに、どんな状況で水をかけたのか判らないのに批判するだけであった。どの新聞もＮＨＫテレビの映像から写真を撮って掲載していたが、私はすっかり問題議員の仲間入りをさせられた。

地元でも信用を失った。ただの野蛮議員で、荒々しいレスリング選手でしかなかったという評判に私は勝つことができなかった。長時間にわたってＮＨＫテレビが私の映像を放送したがため、私の悪いイメージは決定的になったようだ。

ある名だたる政治評論家は、女性問題や金銭問題で政治生命を絶たれることがよくあるけれど、コップ一杯の水で政治生命を失うのは希だと書いていた。この問題以後、記者たちが私の身辺を洗い、次から次へと報道した。地方にいる記者にとって全国版に記事を書くのが夢であるのか、私に関する記事は全国版で報道された。すべて私の身から出たサビである。

しょせん、私は政治のアマチュアであった。身辺にも政治をよく知る者がおらず、人材不足を露呈させてしまった。一寸先はヤミ。もう少し私に政界の知識と知恵があったならば、と反省するばかりである。

二階さんは、前代未聞の大事件を起こした私に、海部俊樹元総理の付人のような仕事を与えてくださった。国会近くの海部元総理の個人事務所によく通い詰めた。保守党の議員控室では、加藤六月元農林水産相や海部元総理のお茶酌み係、ベテラン議員の相手をしながら政治と政治家のありようを学ばせていただいた。加藤先生の陸軍士官学校時代の話はおもしろく、かつて自民党で派閥を率いた体験談は興味深かった。私も50歳を過ぎてはいたが、政界にあってはまだまだ若手であった。

2003（平成15）年、海部元総理が旧友のジョージ・H・W・ブッシュ元米大統領に陳情するため米テキサス州のヒューストンに行くことになった。私は秘書役で随行するよう二階さんから言われた。米軍がイラクを攻撃しようとしていた頃で、海部元総理がブッシュ氏に攻撃中止を申し入れ、息子のジョージ・W・ブッシュ大統領を説得してほしいという陳情であった。ブッシュ邸で会談した後、名だたるレストランでTボーンステーキをごちそうになった。海部元総理とブッシュ氏は本当に仲良しで、会話に笑いが絶えなかった。

海部元総理と訪米中、スペースシャトル「コロンビア号」が大気圏内に突入する際に空中分解する事故があった。現場に行き、花輪を捧げた。その足でヒューストンの日本総領事館で食事をいただいた。宇宙飛行士の向井千秋さんも同席された。

後日、米英軍はイラクを空爆、戦争が始まった。イラクというイスラムの国に手を出した米国、アフガニスタンに続く空爆、ペンタゴン（国防総省）やワールドトレードセンタービルが崩壊するテロ攻撃を受けた米国は、相当な怒りと焦りがあったかに映る。

問題を起こした私は、ベテラン議員の中で勉強、修行をすることになり、しばらくは表舞台に立つことはなかった。しかし、地方の選挙応援には派遣され、党の役に立つよう意識していた。本会議場での大事件は私を有名人にしたが、議員としての素養を問われることにもなった。

９・11、そのとき……

「私の第２の母国」であるアフガンは当時、武装勢力「タリバン」が支配しているとされていた。２００１（平成13）年に入り、そのタリバン政権が、イスラムの偶像崇拝禁止を理由に本気になって「バーミヤンの大石仏を破壊する」というのが連日、報道されるようになった。森喜朗首相は当時の自民、公明、保守の与党３党で代表団を派遣することを、保守党の二階俊博幹事長の提言で決めた。自民の熊代昭彦、公明の遠藤乙彦両衆院議員に加え、アフガンの事情に詳しいとして私の３人が選ばれた。

バーミヤンの大仏については、アフガン滞在中に何度も足を運んだので、いろいろな思い出がある。

大仏はまさに世界遺産にふさわしいと思っていた。ところが、世界遺産の登録は、遺産がある国がユネスコに申請することが決まりになっていた。タリバン政権は、むしろ偶像破壊を徹底してきた組織なので、登録申請をするはずがない。そこでユネスコ事務局次長のラ・フランス氏に私が訴えた。「ユネスコが自ら財産を護る方法も検討すべきです」。ラ・フランス氏は膝を叩いて「やりましょう」と応じてくれた。バーミヤンの大仏とイラクの古代メソポタミア遺跡、北朝鮮の高句麗古墳群がユネスコの指定で登録された。３つとも当時の独裁者が支配している国の遺跡だったわけだ。私の提案で貴重な遺跡がクローズアップされたのである。

派遣が決まったところに、二階さんから「日本ユネスコ協会のユネスコ親善大使・平山郁夫先生が、大仏破壊反対の署名を集めているので、名簿を届けてあげてほしい」と言って、５０００人分の署名を受け取った。大きなバッグ１個分に相当する数だった。

２月、パキスタンのイスラマバードからクエッタに飛び、そこから陸路でタリバン政権の中枢が置かれたアフガンのカンダハルに入った。ムタワキル外相と面会ができ、３時間にわたって大仏を破壊しないよう説得したのだが、沈痛な面持ちで「既に決定しているので破壊するし

バーミヤン大仏。筆者撮影 = 1975年5月

かありません」と言うだけだった。3月、タリバンは本当に大仏を破壊した。

大仏の破壊はアルカーイダによる文化テロといえる。実のところ、タリバンは国際テロ組織、アルカーイダの下僕になっていただけだったかもしれない。それでも、遺跡が異教徒の崇拝物だとはいえ、イスラム教徒が守ってきた遺産を簡単に破壊するのは、アフガンで生活をしていたときの感覚からは大きくかけ離れたものだった。

2001（平成13）年9月11日、米中枢同時テロが起きた。テロリストに乗っ取られた航空機が米ニューヨーク中心のワールドトレードセンタービルに突っ込む映像はローマのホテルで見ていた。

3日前の8日からローマに行っていたのだ。一介の議員なので、バカンスを楽しむためではない。ザーヒル・シャー元アフガン国王（2007年死去）との面会が目的だった。私は森政権の代表団としてタリバンが支配するアフガンに行って、バーミヤンの大仏を破壊しないようにお願いしたが叶わず、憤懣やるかたない思いがあった。元国王が20年以上も亡命生活を送る中、タリバン政権にどのような思いを持っているのかを聞きたかったのだ。

当時84歳の元国王は男同士で抱き合うアフガン式の挨拶で迎えてくれた。歓迎してくれたということだ。面会は3時間に及んだ。

元国王が「タリバンは（アルカーイダの）ウサマ・ビン・ラーディンに支配されている。アフガン人が支配していない」と断言したのには驚いた。当時は「タリバンが支配し、ビン・ラーディンはタリバンに保護されている」という見方がもっぱらだった。元国王は「ビン・ラーディンを処刑すべきです」とも主張した。このときの元国王の言葉は、すぐには信用できなかった。しかし、3日後に米中枢同時テロが起き、元国王の断言は正解だったこととなる。

元国王はアフガン料理でもてなしてくれて、別れ際には記念メダルをくださり、「天皇陛下（上皇さま）に、私は元気ですとお伝えください」と言われた。

「9・11」の後、私の事務所に外国の外交官が頻繁に訪問してきた。ある米共和党議員が元国王を訪ねたところ、元国王が「最初にここへやってきたのは日本の政治家だ」と話したという。つまり私のことだった。私の先見性と行動力が評価され、松浪の考えはどうなのかを聞きに来る人が相次いだという次第だ。偶然の表敬訪問であり、元国王の主張を私も当初は信じていなかったのに、偶然とは恐ろしいことだ。

特に、アフガンを攻撃をしてタリバン政権を崩壊させようとしていた米国は、すべての機関の人材を通訳とともに事務所へ送ってきた。アフガンに住み、古くから関係してきた議員が日本にいて、あの大事件の直前に元国王と面談していた事実は、米政府からすれば驚きであったに違いない。私は詳しく説明した。空爆に徹して絶対に地上戦を避けるべきだと強く主張した。なのに、やがて米軍はアフガンに駐留することとなり、敗れたタリバンの標的となる。ソ連の失敗を米国が引き継ぐこととなった。米軍といえども、アフガンを律することは不可能で苦しむこととなった。

元国王に面会する際、私は在ローマの日本大使に館員の同行を求めたが、拒否された。大使はアフガン問題に興味がなかったのだ。しかし、「9・11」の事件でビックリしたのか、後に大使から食事の招待があった。私は拒否した。この程度の感覚しか持たぬ大使の顔を見たくなかったのだ。すると、大使夫人から家内に招待の連絡。「断れ！」と私は言った。

外国にある公館は、時に国会議員たちの世話役のような仕事もするが、議員外交の協力も忘れないでほしい。名の売れていない議員に対しては、大使館も手抜きをする。後に外務政務官を拝命したが、大使会議等ではいつも議員外交にも協力するようにと訓示した。

毎春、外務省は諸外国に派遣している大使を呼び戻し、大使会議を行う。会議終了後の翌朝、与党の外交部会に出席して近況を述べ、質問を受ける。外交部会長が仕切るのだが、その国を訪問したおり、大使の行動が許せなかった議員たちがボロクソに大使を責める。私情もあって醜い一面もあるが、大国の大使が頭を下げ続ける場面を何度も眼にした。後に私が自民党の外交部会長となり、会議を仕切るようになると、ペコペコする大使が増えたのには驚いた。

日本に駐在する各国の外交団は、国にもよるが熱心な外交をしない。ただのセレモニー要員という感じだ。各種のパーティーにはよく顔を出すが、目立った活動をしない。それでも日体大には途上国の大使がよく訪問してくれる。たいていは留学生の受け入れ要請、奨学金の獲得だ。可能な限り協力させていただいて、途上国での体育・スポーツの普及にも力を入れている。

大使館が増え、派遣する大使が不足するため、外務省出身以外からも多くの大使を派遣している。外交の素人の大使を派遣せねばならぬ外務省、頭が痛いに違いない。

田中真紀子外務大臣

２００２（平成14）年1月8日、外務政務官に起用された。小泉純一郎首相から東京で開催されるアフガニスタン復興会議が控えているので、しっかり務めてほしい、と言われた。アフガンが接点になったのだ。

政務官は首相から任命される。私としては最初の政府高官として辞令を小泉首相から受け取った。あのガキ大将が政府高官の地位に就くなんて、驚きであったのは申すまでもない。かつての政務官ポストは、政治家が政府に入る登竜門。ワクワクしたことを忘れない。ほとんど地元に帰れる時間もなく、政務に熱中した。外務官僚から多くのことを教えていただくことと、サッカーの２００２ＦＩＦＡワールドカップの決勝を含め、各国首脳のホストとして仕事ができたのも光栄ではあった。

政務官に起用されたときの外相は、女性初の外相だった田中真紀子さん。真紀子大臣といえば、一時は首相最有力とまで言われるほど国民の人気があったが、外務省内の評価は全く逆で、役人はだれも近寄ろうとしなかった。

真紀子大臣は個性的で人間関係を構築するのは難しいと知っていた保守党の二階俊博幹事長は、私が外務政務官に就任すると同時に、真紀子大臣の夫である田中直紀参院議員を紹介してくださった。二階さんは、もしかすると真紀子大臣と私が衝突する危険性を心配されたのかもしれない。意地悪な新聞や雑誌は、間違いなく真紀子大臣と松浪政務官は衝突して問題を起こすと書いていた。問題の起こることを楽しみにする予想には閉口した。

私が初当選して初めて議員立法の「サッカーくじ法案」を提出したおり、真紀子大臣は当時、与党議員の1人でありながら反対された。スポーツに理解のある議員だとは思えなかったし、後に民主党政権で文部科学相に就任したときも大学設置問題で騒動を起こした。いつも個性的な人だったと記憶している。

当時の2人の副大臣と3人の政務官は毎週、「2プラス3」の会議を行った。杉浦正健、植竹繁雄両副大臣はベテラン議員だっただけに、大臣と対立することなく上手に官僚と仕事を進めていた。私たち政務官も外交の停滞は許されないだけに、外国出張を含めよく働いた。副大臣と政務官は良好な関係ではあったが、大臣室に行こうという声は一度もなかった。真紀子大臣は外務省の中で浮いた存在であるかに映った。

私たちは朝からきちんと役所に行き、国会のあるときは休むことなく出席した。官僚たちに見られているのだから任務に対して謙虚で、いつも役人たちを意識していた。時間があれば、

外務政務官として難民キャンプの学校を訪問する

官僚たちとよく飲食を共にした。少なくとも私が政務官で在籍していた間、真紀子大臣は部下と飲食を共にすることは一度もなかったようだ。

ある日、真紀子大臣から電話があり、「松浪君、何してるの？」と言われ、何もしていなかったので言われるまま大臣室に行った。入ったら、テレビのボリュームがあまりにも大きくて、思わず「うるさくないですか」と言ったら、真紀子大臣は「こうでもしないと盗聴されているかもしれないから」なんて言っていた。人を信用していないことがそれだけでもわかるエピソードといえる。

当時、真紀子大臣の関係者は「家族、使用人、敵」の3つだけと言われていたし、大臣を1年も務めなかったにもかかわらず秘書官を頻繁に替えていた。彼女は「外務省改革」を叫び、役人が抵抗すると外務省を「伏魔殿」なんて表現して批判したこともあった。しかし、彼女の「改革」というのは、単に自分がやりやすい人を近くに集めたいだけではなかったか。選ばれる官僚にとっても決して光栄なことではなく、かえってストレスを溜め込むだけ。真紀子大臣の改革というのは省内を混乱させただけのものであり、これでは誰からも信頼されない。

外国の大使が交代に合わせて大臣に贈り物をするのだが、ある日のこと、真紀子大臣は私に「お裾分けをするから取りに来て」と言ってきた。そんな程度のことなら秘書を使えばいいのに、「直接来なさい」と言うのだから本当に困ったものだ。これでは子分になろうという人も出てこない。

帰国した青年海外協力隊員を外相が表彰する制度は、私の発案で始まった。「隊員が帰国するので、外相として感謝状を贈るのはどうでしょう。大臣もぜひ来ていただけますか」と真紀子大臣に提案したことがあった。「それはいいわね」と言ってくれたので、表彰式を開いた。ところが彼女は姿を見せず、代わりに私が表彰したのだ。

ここでちょっと余談。青年海外協力隊の壮行式に私がいつも参加するので、協力隊を送り出す国際協力機構（ＪＩＣＡ）の人は「なんで松浪は熱心なんだ」といぶかっているかも知れない。

専大教授の頃、青年海外協力隊の技術専門委員を8年間していた。アフガンでの指導経験を買われてのことで、筆記試験の出題に面接、技術指導や派遣国指導などに携わった。海外でボランティア活動をしてきた人達は、異なる言語や食事や文化に苦しんだろうが、それらを乗り越えて己の技術や知識を伝え、ボランティアでやってくれている。任務を終えた若者は、国際人らしい風貌になり、たくましくなって戻ってくる。結果として日本のために働く人たちなのだ。甥も参加したし、娘は隊員としてモンゴルへ2年間行った。

昔は個人で外国へ行くのは容易ではなかった。いまは安い金で行けるから、ボランティアをする必要もなくなっている。しかも、途

青年海外協力隊壮行会で激励の祝辞を述べる ＝ 長野県駒ケ根市のJCIA訓練所にて

上国へボランティアするのはよほどの熱意がないといけない。残念ながら協力隊に参加する人が年々減っているのが現状だ。日体大の理事長に就任後、スポーツ文化学部をつくり、年間50人前後の学生を協力隊を通じて海外に派遣することにした。行った若者は就職にも有利だし、日本の外交にとっても有益なので、若者は積極的に参加してほしい。

政務官としての最初の仕事となったアフガン復興支援のための閣僚級国際会議。会議の共同議長には国連難民高等弁務官等を歴任した緒方貞子氏が就き、私は緒方さんのアシスタントとして会議を成功に終わらせることが課せられた。会議は、日米と欧州連合（EU）、サウジアラビアを共同議長国に、主な国際機関やアフガン暫定政府のハーミド・カルザイ議長らが日本に集まった。

アフガンの平和のために、日本は単なるドナーではいけなくて復興を本気で支援することが必要。日教組は「教え子を戦場へ送るな」とよくキャンペーンを張るが、アフガンで暮らした経験がある者として、戦場となったアフガンに教え子がいる者として、会議に関わることができたのは何よりよかった。

復興会議で真紀子大臣の活躍の場はなかった。むしろ足を引っ張っていたといえる。あるN

GO（非政府組織）団体の代表が会議に参加できなかったという問題が起きた。彼女は外務省に影響力のあった鈴木宗男衆院議員の関与があったとして野党とともに外務省批判をやろうとした。

端的に言うと、当時の外務省の事務方トップの野上義二事務次官を追い落とすことが目的だった。彼女と野上さんとの関係は決して良くなかったし、そのころは彼女と事務方との対立がピークに達していた。本当かどうかは知らないが、彼女が野上氏を嫌うのは髭面だったからという話を聞く。

しかし、彼女が野党と共闘したことは、倒閣運動と同じ。小泉首相は決断した。外務省の混乱の責任を取ってもらうとして、彼女や野上次官らを更迭したのだ。次官の更迭は気の毒な面もあるが、差し違えという形で混乱を収拾しようとしたのだ。1月30日のことだった。真紀子大臣とのお付き合いは1カ月も満たずに終わった。

カルザイ大統領との交流

私がハーミド・カルザイ氏と初めて出会ったのは、外務政務官に就任する直前の2001(平成13)年12月23日だった。

アフガニスタン暫定政権の設立式が前日に首都カブールで開催され、植竹繁雄外務副大臣が日本政府を代表して参加した。そのとき、私もカブールにいた。アポなしでカルザイ氏に面会しようとしていたのだ。植竹氏はドバイまで来てカブールに入ろうとしたが、アフガン側がなぜか植竹氏の入国を認めようとしない。そこで、暫定政権側に私は直接交渉した。「植竹副大臣の訪問の目的は、日本政府を代表して暫定政権を承認することと、日本は全面的に支援することをカルザイ氏に伝えるためだ」と。

植竹氏は、アフガン入国は許可された。しかし、会場となった内務省に入らせてもらえない。そこで、日本の大使館員に「君の通行証を貸してくれ」と言って借り上げ、それを植竹氏に持たせた。通行証には顔写真が付いている。日本人なら明らかに区別が付くが、アフガンの者からすれば日本人は誰でも顔は同じ。植竹氏は入ることができたのだ。ちなみに私も通行証は持っていなかった。ザーヒル・シャー元国王とのツーショット写真を見せると「偉い人だ」と思

来日したカルザイ大統領と夫婦で記念撮影 ＝ 東京プリンスホテルにて

われたのだろう。写真で私も入ることができた。

植竹氏にはさらに課題があった。当日のうちにカルザイ氏に面会し、直ちに帰国の途につかねばならないという。これもまた面倒なことであった。「面会は並んだ順に行われるのがアフガンのルールだ。真っ先に会いたいなら、式典には出ないで、カルザイ氏の部屋の前で待つしかない」とアドバイスした。結局、植竹氏はカルザイ氏の就任演説を聞けなかったわけだが、首尾良く事が運んだので、喜んで帰国したのは言うまでもない。

私は翌日に面会することが決まっていたので、カルザイ氏の演説はじっくり聞くことができた。カブール大で教鞭を執った最初の日本人であるし、現職の国会議員でもあった私にカルザイ氏は喜んで会ってくれた。

カルザイ氏は、アフガンで最大勢力の民族、パシュトゥーン人であり、元国王の遠縁でもあった。王家に近いという血脈はアフガンを支配するには重要なことであった。また渡米経験があり、ブッシュ政権のアフガン侵攻では米国に協力した。アフガンをまとめ上げる指導力もあった。カルザイ氏の功績を挙げるなら、小学校の授業に芸術や体育を導入したことだ。

カルザイ氏が、アフガンの国民の人気を得るようになったのは、コートのようにみえるチャパン（馬上服）を大衆の着用するグリーンと紺の物で常に身にまとったからである。これはバザールで買うことができる。元来、要人たちが使用するのは純白の絹製で全面に刺繍を施した高価なチャパンだ。なのに、カルザイ氏は一般的な大衆が着用するチャパンで世界中を飛び回った。この民族服姿のカルザイ氏の映像は先進国でも新鮮に映り、印象づけに成功した。国内にあっても大衆の一員として、騎馬の民となる演出は大成功。国民はおしなべてカルザイ氏を強く支持したのである。

カルザイ氏の外交戦略は成功し、米、日のドナー国の他に、多くのイスラム国家や欧州の国々が支援するようになった。だが、国内にあって国民を裏切るかのごとく、高官たちは賄賂政治に走った。カルザイ氏の人気とは裏腹に、政権の信頼は弱まっていった。

日体大理事長になっていた2012（平成24）年7月、カルザイ氏の来日を機に、名誉博士号を授与することとなった。外務省に相談したところ「スケジュールが難しい」とつれない返答だった。当時は民主党政権だったからか。「カルザイ氏のスケジュールはアフガン側が決めることだろう」とこっちも言い返して、直接アフガン側と調整して日体大に来ていただいた。カルザイ氏の名誉博士を授与する際、アフガンを代表する樹として杏を記念植樹した。その花は桜が咲く前に満開となる。その花を見て、私は第二の故郷のアフガンを思い出す。

「桃杏自芳」という松田竹千代元衆院議長の書かれた色紙を私は大切にしている。大阪・

日体大名誉博士号授与記念に杏を植樹するカルザイ大統領 ＝ 東京・深沢にて

泉州地方の大政治家であったこと、私たちの幼少時代においては伝説の英雄であったからだ。桃や杏を植えると美しい花が咲き、おいしい実をつける。人々は花を見るために、実を手中にしたいがため、あちこちから集まり、自然に路がつく、発展するというような意味らしいが、色紙のことを意識して杏を植樹させていただいた。

カルザイ氏は新憲法の定める通り2期の大統領の役割を終えて勇退したが、いまでも存在感は大きく、タリバンとの和平策にもタッチされている。英語を上手に話す国際人だけに、やがてカルザイ氏の再登板があるかもしれないと私は予想している。

最も多くカルザイ氏と交渉した日本人として、私はまだまだアフガン問題から卒業できないと思っている。カルザイ氏からチャパンをはじめ多くの民族服をプレゼントしてもらった。それらは東京・代々木の文化学園服飾博物館に寄付させていただいた。

カルザイ氏から贈られた大きなラピスラズリの壺は、大学の図書館に置き、騎馬競技ブズカシのデザインの絨毯は学生たちの談話室に飾ってある。日体大キャンパスには多くの高級絨毯が敷かれてあるが、イラン製、アフガン製のいわゆるペルシャ絨毯、イスラム文化に漂うエキゾチックな雰囲気を醸し出すように工夫してある。

外務政務官と外交

外務政務官としての私の守備範囲はアジア、中近東、アフリカで、出張に次ぐ出張でなかなか選挙区に帰れなかった。しかし、政府の要人となって仕事のできる喜びは大きく、特に外交官として働けるのは議員冥利に尽きた。茶色の表紙のパスポート（外交旅券）を持つなんて夢を見るようであった。現地の国からすれば政府高官の訪問であり、歓待される。私は外国の文化と直に接することが好きだったが、日本が国際社会でそれなりの地位を占めるためには、政務官の仕事はたとえ日本のメディアに報道されなくても重要であればこなさないといけないのだと思った。

訪問したのは、クウェートやカタール、バーレーン、イラン、チュニジア、アルジェリア、サウジアラビア、ヨルダンなど。

カタールには、日本人学校を開校するために行った。後に皇太子や首長になるタミム殿下が協力してくれた。訪問の際にタミム殿下と仲良しになるのだが、これが後に日本のスポーツに関することで役立つことになる。

クウェートではシェイク・アハマド殿下と会談した。アハマド殿下は国際オリンピック委員

アハマド殿下（右）に当時の竹田JOC会長（左）を紹介する ＝東京・三田のクウェート大使公邸にて

会（IOC）委員でありアジアオリンピック評議会（OCA）会長として、アジアでのオリンピック関係に影響力があった。私はアフガニスタンオリンピック委員会（ANOC）の委員長でオリンピック担当相の男性がカブール大の教え子だったと話すと、アハマド殿下は「えっ、教え子なんですか」と驚かれ、それがきっかけで同氏と相互理解できる関係になった。

カブール大の教え子については、以下の経緯があった。専大教授のときである。1994（平成6）年7月、広島アジア大会に初参加するアフガンのオリンピック担当相が来日したので家内と一緒に会うことになった。アフガン赴任中は王族の一員が伝統的に就任していたポストだったが、革命後のことゆえ、どんな人が大臣になっているか気がかりであり、興味があった。

大使応接室に通されると、顔一面髭だらけの男が私に抱きついてきた。「マレムセイ（先生）、マレムセイ」。あまりの驚きにしばし声を失った。私に弟子入りしてきた「第一号レスラー」のジグラダック・アヌワルだったのだ。我が家ですき焼きをよく食べていた。長男が誕生したときにいろいろと面倒を見てくれた。私たち家族が帰国するときには空港で大粒の涙を流した。その教え子が大臣をしていて、目の前にいたわけだ。彼はソ連侵攻後、ゲリラとして活躍したという。教え子のその後の動静も話題になったが、命を落とした教え子が多いことに、眼を赤くしてしまった。

アヌワル大臣は、アハマド殿下に1994（平成6）年の広島アジア大会に選手団を派遣したいと陳情していた。アフガンは広島アジア大会で東チモールや、カザフスタンなど旧ソ連国とともに初参加を果たす。アハマド殿下がポケットマネーを投じたという。

ここからは外務政務官を退いた後の話になる。日本では東京オリンピック招致とともに、招致が成功すれば野球とソフトボールを正式種目として復活させたいという動きがあった。そのためには2014（平成26）年の仁川アジア大会で両競技が引き続き正式種目であることが重要だった。というのも、野球とソフトボールが仁川大会で除外されることが決まっていて、東京オリンピックでの正式種目採用を目指すどころでなくなったのだ。アジア大会で外されたらオリンピックで採用されるわけがない。相当な危機感があった。

日本ソフトボール協会の幹部であった丸山克俊東京理科大教授（現・名誉教授）が私に相談に来た。「仁川アジア大会にソフトボールを入れたいので協力してほしい」私とアハマド殿下の関係を知ってのことだった。同協会の山崎拓会長（当時）の陳情書を受け取ったが、竹田恒和日本オリンピック委員会（ＪＯＣ）会長（当時）の親書も携えて、アハマド殿下に会うことになった。

アハマド殿下との面会では、ＩＯＣ委員であったタミム殿下も尽力してくださった。私はアハマド殿下に竹田会長の主張された通りの話を持ちかけた。「『ダイヤモンド・スポーツ』という1つの競技にして、野球を男子、ソフトボールを女子にすることでどうか」。アハマド殿下からは一発「ＯＫ！」の返事。これにより、仁川大会でも野球とソフトボールが引き続き正式種目になることが事実上決定した。野球とソフトボールは、後に東京オリンピックでも正式種目に採用された。アハマド殿下が中東のＩＯＣ委員をまとめてくださったのだ。

アハマド殿下とは、ハンドボールのある問題でも関わることになった。

アジアスポーツ界では、判定が中東国に有利になる「中東の笛」問題があり、２００７（平成19）年に北京オリンピックのアジア予選が日本で行われたとき、ハンドボールの韓国とクウエートの一戦でヨルダンの審判が韓国に不利な判定を行ったと、韓国と日本が国際ハンドボール連盟（ＩＨＦ）に訴える事件が起きた。アジアハンドボール連盟（ＡＨＦ）の当時の会長はアハマド殿下。このときのアハマド殿下は徹底した日本攻撃を行い、ＩＨＦが日本での予選のやり直しを決めると「日本で予選を開催した場合、（２０１６年の）東京オリンピック招致を支持しない」とまで表明していた。このとき、私が日本ハンドボール協会の依頼を受けてアハマド殿下と交渉に当たり、罰金１万円で決着した。かかるロビー活動のできる人材がスポーツ界に多数おられることを期待したい。

アハマド殿下については、偶然にも、ミズノの水野正人会長から「アハマド殿下はスポーツ界の実力者なので、彼に何か名誉あるものをあげられないか」という相談があった。アハマド殿下は地位も金もあるので、あとは名誉が欲しいのだという。水野会長は日体大の名誉博士はどうかと。まだ日体大理事長になる前の話だが、学長と掛け合って、４番目の名誉博士を授与することが決まった。２００８（平成20）年のことだった。

このときアハマド殿下は自分のジェット機で、自ら操縦して来日するというので大変だった。羽田空港の滑走路を一時的に空けてもらうため、国土交通省の鈴木久泰航空局長（後に、尖閣諸島沖での中国漁船衝突事件のときの海上保安庁長官）にお願いして認めてもらったのだ。

日体大の理事長に就任してからは名誉博士が続々と誕生している。国際オリンピック委員会のバッハ委員長、森喜朗元首相に二階俊博自民党幹事長、さらにはカルザイ・アフガン大統領にも。

これは私が政界に進出するころの話。アッバス・アラグチ駐日イラン大使と、駐大阪・駐神戸米総領事館にはダニエル・ラッセル総領事がいた。2人とは仲が良く、特にラッセル氏は私の初出馬のときには応援に来てくれたほどであった。一度2人が会ったらどうかと提案したことがある。しかし2人とも、国交がないため「本国に相談します」という返事で、結局は両方ともNGだった。「偶然遭遇したという形はどうか」とも提案したが、それでもだめだった。

米国とイランが断交している中、何か両国の改善の糸口にでもなればと思ったが、外交官はそれだけ厳しい活動を強いられているのだと思った。ちなみに、ラッセル氏は国務省の日本部長やオバマ政権の国務次官補を歴任した。アラグチ氏は帰国後、外務次官となって活躍され、イランの核問題をめぐる欧米との合意の成立にも尽力された。

外務政務官時代の話に戻す。アフガンには2度、訪問した。1回目は2002（平成14）年4月。ザーヒル・シャー元国王がアフガンに帰国することになり、帰国式典に出席するためだった。帰国式典に呼ばれた各国の序列は、元国王が亡命していたイタリアが1番、そして日本

2002（平成14）年8月、カブールでザーヒル・シャー元国王と面会

が2番。アフガン政府の日本への姿勢というのがよくわかった。元国王とは前年9月以来の再会を喜び、無事に帰国できたことへの感謝の言葉をかけていただいた。

2度目は同年8月。渡部恒三衆院副議長に随行する形での訪問で、カルザイ大統領やザーヒル・シャー元国王と面会した。このときはホテルに泊まれず、民宿みたいな施設での宿泊となった。当時のアフガンではこのようなことは珍しくないのだが、日本の国会議員にとっては想定外のことだったろう。渡部さんからは「松浪君と一緒になるとロケット弾が屋根に刺さった住宅街での民宿泊まりになるのかな」と冗談を言われた。

元国王は2007（平成19）年に逝去さ

れた。葬儀出席の日本代表は、私が首相特使として出席することとなった。小泉純一郎首相の人事に感謝するしかなかった。首相特使の辞令は今も大切に持っている。元「日本国特別大使」の肩書も懐かしい。

政務官としての最後の訪問国は米国だった。「9・11」の1年後にニューヨークの「グラウンド・ゼロ」に行って、日本政府を代表して献花した。国連本部に行き、日本政府を代表して演説した。これが外務政務官の一番の思い出となっている。留学時代の友人たちを国連に招待し、私の演説を聴いていただいた。皆さんの驚きは異常なほどだった。私が国連で演説するなんて、父が生きておれば腰を抜かさんばかりにビックリしたに違いない。

ブッシュ政権のアーミテージ国務副長官と仲良く話ができた。彼はフットボールとウエイトリフティングで体を鍛えて、あのような体格になったのだろう。体育系の彼はわたしがレスリングの全米選手権で優勝したことを知っていて、敬意を込めていつも「チャンピオン」と呼んでくれたものだ。

政務官として外務省に1年間務めたことにより、多くの官僚と親しくなった。また私自身を理解してくれたり、協力してくれたりした知人もできた。日体大理事長に就任すると、数回にわたって北朝鮮遠征を行ったが、可能にしてくれたのは外務政務官の1年間のおかげだっただろう。

民間人からの外務省への陳情は多くはない。しかし国民は、一国の大使ともなると尊敬の念をもって接するのだ。そこで私は、中東等8カ国の大使夫妻を地元に招待することにした。関西国際空港の近くに国際交流基金の関西交流センターがあるので、自国の留学生を激励するとともに熊取町のだんじり祭りを見学していただくことにした。上垣正純熊取町長が協力してくださり、ホームステイ先を決めていただいた。8人にしたのは、小中学校が8校あったからである。祭りの日の午前中に大使夫妻が小中学校を訪問し、子供たちと交流するようにしたのだ。記念植樹もしていただき、日本の地方都市でのひとときと国際親善を楽しんでもらった。

政務官は私にすれば大変貴重な経験であった。たった1年間だったので、十分に企画力が発揮できなかったのは残念であった。

甥が国会議員になる

外務政務官の任期を終えるときに、大阪で衆院補欠選挙が行われることになった。10区の辻元清美氏（当時は社民党）が秘書給与流用事件で議員辞職したのだ。自民党は公募をしたものの適任を見つけられず、自民党の山崎拓、公明党の冬柴鉄三、保守党の二階俊博の与党3幹事長が協議し、私に相談が来た。

「松浪君、身内で政治家の候補はいないか」と言ったのは山崎さん。早大を出て産経新聞の記者をしている次兄の長男・健太が浮かんだ。健太には「背広を着て（東京・赤坂の）ＡＮＡホテルに来い」とだけ言った。しかし、3幹事長が来ることは伏せた。

ホテルで三人を引き合わせ、山崎さんが代表して「大阪10区から出てくれ」。健太は要請を快諾して、すぐに産経新聞社に退職願を出した。私は銀座の洋服屋に連れて行き、スーツを2着、国会議員らしい濃紺とグレーの良質の物を買ってやった。記者から衆院議員候補にいきなり転じた健太、想像できない転身だったろう。すぐに次兄から電話があった。驚いた様子であったが、全く反対する風でもなく、息子が自民党公認候補に決定したことを喜んでいるようでもあった。やはり、松浪家の血は流れていたのだ。

私は国会議員になるために独力でどれだけ苦労したか。甥は何の苦労もなく、一銭の準備もせずに政権与党の候補者になった。つまり幸運で世に出る二世のようなもので、悲しいかな覚悟や決意がそれほど強いものではなかったのは当然であったかもしれない。

10月の補選は8人が立候補する乱戦であった。健太は落下傘候補であっただけに苦戦は想定内。選挙戦の前から私の地元秘書5人を健太の選挙区に投入した。ビラをつくり、早朝から駅頭で手渡しし、戸別訪問やチラシまきをして候補者を売り込む。自民党はさすがに大政党。人材も物資も豊富で私自身もビックリした。次から次へと大物議員が応援にやってくる。小泉純一郎首相は2回も応援に入ってくださり、小泉人気が支持者を増やしていく。公明党も全力で応援してくれた。二階さんは数百名単位の集会を幾度も開催してくれた。

次兄も大学の同窓生をコツコツ回り、私も連日街頭に立った。有権者たちは私の息子だと思い込んでいるらしかったが、私は否定しなかった。健太もよく頑張った。選挙戦を通じてだんだんと政治家らしくなっていく。落下傘候補なのに大勝利。甥がまさか衆院議員になるなんて考えもしなかっただけに、運命のイタズラに驚くしかなかった。

「健太」は私の子供時代のニックネームであり、父は甥に健太と命名した。次兄はこの名に反対したが、父は押し切った。もし、私の父が生きていたなら、何と言うだろうか。おそらく、政治好きの父は喜んだかもしれない。

もっとも私は、身内の者に政治家を奨める気は毛頭なかった。あまりにもリスキーであるし、政治活動には大変な苦労が求められる。健太は野心家で政治家希望であることを知っていたので、チャンスを与えたが、私は責任を感じている。立派な新聞記者として活躍する方が良かったかもしれないと思うことがある。

健太はその後、私に何の相談もなく自民党を飛び出し、日本維新の会に移った。大阪での維新パワーにすがろうとしたのだろうが、２０１７（平成29）年の衆院選で辻元氏に敗れ、比例代表復活もできなかった。それでも当選5回、立派な議員であった。風頼みの選挙ではいけないのだ。自民党時代、健太は私の顔で幾度も重要なポストに就くことができた。己の実力と錯覚している姿に私は指導不足を実感した。政治家はブレてはいけない。恩人を忘れてはならない。この哲学を横に置くと支持者は少なくなってしまう。

一時、私が健太とともに日本維新の会に移るのではないかと新聞に書かれたことがあった。根も葉もない話であった。この国の政党の歴史を学べば、私は自民党を出る思考などゼロ。それゆえ健太は私に相談できなかったのであろう。どんな職業に就いても苦しいときがある。我慢する人間性がなければ信頼を得ることができない。現在の小選挙区の制度が続く限り、自民党におれば国会議員として活躍できたのに残念である。

健太の離党は、少なからず私の信用を落とす結果ともなった。政治家のバッジを付けねば何もできないが、確固たる政策と信念を持った者が政治家になるべきである。健太の行動は私を相当落胆させたのは申すまでもない。

2019（平成31）年4月、健太は大阪府議選に地域政党「大阪維新の会」から立候補し当選した。府議への転身は私にとってショックであった。あれだけ「道州制」に執念を燃やしていた健太が、地方議員になって何をしようとしているのか、不透明に映る。しかし、当選させていただいた限り、大阪府民のために働いてほしい。同じ会派に長兄の長男、武久がいる。仲良く活動してくれればありがたい。私の一家は、血脈のなせるワザか、政治好きが多い。だが、わが息子だけは政治家になってもらいたくはないと思っている。

喜びも大きいけれど、決して平坦で楽な人生ではない。

相次ぐ不祥事に泣く

2002（平成14）年12月、保守党は、民主党を離党した熊谷弘衆院議員らを迎えるため、新たに保守新党として出発した。保守新党は民主党の保守系の受け皿にする狙いがあったわけだが、もくろみはうまくいかず、野田毅さんや小池百合子さんは新党に参加せず自民党入りする事態も起きた。

小池さんは不思議な動きをしてきた。自由党分裂のときは当初、小沢一郎党首について行くと思われたが、連立離脱ギリギリの段階になって新党（保守党）に参加したいと言ってきた。保守新党を作るときは新党のロゴマークまで考案しながら党に入らず自民党へ行った。それでも、党を実質的に運営することになった二階俊博幹事長は、批判をせず「来る者拒まず、去る者追わず」で通した。この人間の大きさに私たちは教えられたが、東京都知事となった小池さんは、再び二階さんを慕うことになる。

永田町での活動は順調にみえたが、地元ではいろいろと不祥事が起きた。

1つは、元暴力団員が実質経営する、高校の後輩の企業から秘書給与を肩代わりしてもらっていたという問題。地元や永田町から議員辞職を求める声が起き、衆院政治倫理審査会に呼び出され、弁明することになった。このとき、「水かけ事件」のときにさえやらなかったトレードマークのちょんまげを切り落として、「けじめ」をつけた。

しかし、地元有権者の不信を払拭することができず、2003（平成15）年11月の衆院選で初めて落選を経験することに。また、この選挙で地元秘書が有権者に線香を配っていたとして、自らも書類送検された。秘書給与肩代わりの問題もそうだったが、秘書たちが線香を配っていたことも全く知らなかった。「秘書がやったこと」と言えばよかったのだろうが、言い訳は無用だと心に決め、ひたすら「すべて私の責任だ」と謝罪した。

ゴルフコンペに暴力団員が参加していたという問題もあった。30人程度の知人を招待し、集まったのが約120人。暴力団員は知人の紹介で参加したわけだが、暴力団員がいるのを知らなかったという訳にもいかず、これも謝罪することに。己の政治経験の未熟さを思い知り、不徳の致すところであったが、もし選挙区が東京や横浜であればこういうことは起きなかったのかもしれないなと悔やんだものだった。ただ、私は一度も言い訳をせず、秘書たちの責任にもしなかった。武士道を日体大で学んだ者として、私は筋を通した。

衆院選で私たちが落選し、保守新党で当選したのは二階さんら4人だけ。党の存続が難しくなったのと、自民、公明両党間のアレルギーも相当なくなったという判断もあったのだろう、自民党との合併になった。

そこからの二階さんの活躍は目覚ましい。小泉純一郎首相は武部勤さんを幹事長に起用した。「偉大なるイエスマン」の誕生だった。選挙を仕切る総務局長を誰にするかというときに、武部さんは二階さんを推挙し、小泉さんも同意した。その後の二階さんが仕切る選挙は連勝だ。

一方で、二階さんは身内の数が小さくなっても、気にしない人。むしろ身内のためにはどんなこともやった。熊谷さんらとともに保守新党に参加し、衆院選に落選した山谷えり子さんを2004（平成16）年の参院選に擁立するとき、二階さんは当時の安倍晋三首相に「面倒を見てほしい」とお願いした。「二階派（当時の派閥名は『新しい波』）では当選させられない」ということだった。世間は山谷さんが二階さんから逃げたように言う人もいたが、そうではなく、二階さんがお願いしたことだったのだ。

衆院議員になってからも母校の日体大の大学院の非常勤講師を続け、国会が影響しない特定の期間だけ集中講義を行っていた。初めて落選してからも大学のお世話になった。

小泉首相が郵政民営化を掲げて臨んだ2005（平成17）年9月の衆院選で、ようやく自民党の公認として立候補した。「郵政選挙」の追い風に乗ると思ったのだが、地元の支持を完全に回復するまでにはいかず、選挙区で敗北。それでも比例代表で復活当選し、国政に復帰できた。

そのころのメディアは、知名度の高い私を悪者扱いし、私の敵となっていた。とりわけ朝日新聞と読売新聞の社会部には泣かされた。社会部記者は元レスラーを悪者にしたかったのだろうが、数冊の学術書を出版する私の本当の姿を報道することはなく、ひたすら悪人として報じた。メディアが私を悪人にするのが都合良かったのか、地方記者は私のことを書けば全国版に記事が載ることで味をしめたと映った。

政治家は、当選回数の浅い時代は無名の方がいい、と今では思う。出馬時から知名度が高いと、メディアの餌食になり、潰されてしまう。その好例が私であろう。多くの政治家から「松浪君は脇が甘すぎる」と忠告されたが、時遅し。地元での人気も下落傾向にあった。メディアのパワーは強く、メディアに育てられた私はそのパワーでつぶされることになる。

ただ一つ自慢できることは、私は苦境に陥っても言い訳をせず、秘書や関係者の責任にすることもしなかった。私が素人政治家だからというのではなく、私の性格である。悪いことはすべて私の責任だと決めた。言い訳で逃げる政治家が上手に生きている姿に接しても、私は羨ましいと思うことはなかった。自分は自分であるのだ。

私の不祥事に関する報道はいつも大きかった。だいたい1社が特ダネとして報じ、多くのメディアが続いた。そのたび、あちこちに雲隠れせねばならなかった。記者会見をすれば良かったと思うが、党が許してくれず、政倫審（国会の政治倫理審査会）での弁明となった。政倫審はテレビ中継されるため、相当な理論武装をして臨んだことを思い出す。二階さんは名だたる弁護士を紹介してくださり、問答の練習をした。良い弁護士で、大変お世話になった。

政界は正義感だけでは生きていけない。正直者もバカを見る。メディアが問題をこねくり回し、その議員を辞職させる手柄を取りたいために追い詰める。議員の人格や人権なんて無視。手柄のために突っ走る。メディアの餌食にならないためには、正直だけではバカを見る。いろいろなケースを見てきたが、私の場合、いつも選挙区の特定の人が絡んでいた。私の不徳とするところで、議員を辞めて一般人になりたいと何度も思ったことがある。心の折れる寸前で立ち直ることができたのは、政治家が夢だったからであろう。

文部科学副大臣として

２００７（平成19）年の第1次安倍晋三改造内閣と２００７（平成19）〜２００８（平成20）年の福田康夫内閣で2度にわたり文部科学副大臣に就任した。

副大臣は大臣と同様、認証官である。認証式のリハーサルを首相官邸でやり、皇居での承認式に臨む。首相が天皇陛下に副大臣の辞令を渡し、陛下から直接いただく。その際に天皇陛下の顔を見てはいけないと注意を受けていた。しかし、譲位前の上皇さまから辞令をいただいた際、眼が合ってしまい、つい頭を下げて挨拶をした。後に官邸でおしかりを受けたのは申すまでもない。2度目の認証式はうまく運んだ。失礼があってはならず、前回の反省が充分効いた。

副大臣就任直後のこと。カブール大で教鞭を執っていたときに日本人の中で最も仲良くしていた山野慶樹大阪市大名誉教授から突然、電話が来た。「京都大の山中伸弥教授の研究はノーベル賞ものになるから、研究予算をきっちりつけてほしい」。

担当者からレクチャーを受け、私は政府としても応援せねばならないと感じ入った。福田首相の決断もあり、新規予算に計上された。私の直感、担当副大臣冥利に尽きる仕事だった。私は山野先生の実力を信じていたに加え、人間性をよく理解していた。

かつてＥＳ細胞という卵子を用いての再生医学に関する法律を作る際、自民党の質問者が私であった。ヒトの卵子を用いるため、さまざまな問題があり、法による規制が必要だったのである。が、山中伸弥教授の「ｉＰＳ幹細胞」は、その人の皮膚の一部から人の臓器を造ることができるという世紀の大発見だったのだ。実際にノーベル賞医学生理学賞を受賞することになった。

すでに研究は進み、眼や一部の臓器に関する臨床実験が行われている。山中教授は、特許を取らず、世界中の医学者に患者のために研究をしてもらいたいとも述べた。本人は、マラソン大会に出場したりして研究費の募金にも熱心で、ノーベル賞学者として異彩を放つ。

最初の研究記者発表会は、京都駅前のホテルで行われた。政府を代表して私が最初に祝辞を述べた。このときに山中教授が私に対して感謝の言葉を話されたのには驚かされた。大きな予算のついたことへの御礼だったろうし、研究の評価の高さがうれしかったに違いない。翌日の紙面は、それほど大きくなく、当時はまだまだ知られぬ研究だった。

山中教授は、大阪教育大附属高から神戸大医学部へ進み、大阪市大の整形外科で臨床を経験する。山野先生が指導されたが、手術は上手といえず「ジャマナカ」と称されたという。手術に関する技術は、劣っていたという。そこで、米国留学の枠が大学にあったので、新天地へ向け送り出したらしい。

山中教授は、手術しなくとも完治させる方法はないかと考え、細胞研究に取り組み、世紀の大発見をするに至る。もし、山野先生のごとく手術の名手であったなら、おそらく大発見はなかったかもしれない。山中氏の研究は彼が奈良先端科学技術大学院大に在籍中に有名になった。大阪市大も山中氏を勧誘したそうだが、そのときには京大への移籍が決まっていたという。

「時津風事件」と呼ばれる相撲界の不祥事が起きた。稽古が厳しくて亡くなったという次元ではなく、殺人事件ということになった。舞台となった時津風部屋も日本相撲協会も責任を負うことになり、時津風親方の解雇に発展した。

北の湖理事長が一連の経緯を報告に来たとき、渡海紀三朗文部科学相は問題の解決を私に任された。この時期、大分県で教育庁の職員が賄賂をもらって子供を合格させる教員接待汚職事件も担当していた。

死亡した弟子の親は、子供が立派な人間になってほしいと期待して時津風部屋に入門させた。親方もその思いを受けて指導したが、あまりにも稽古が厳しかった。被害者は厳しさのあまり一度実家に帰ったものの、親は部屋に戻した。そこで稽古がエスカレートしてしまい、兄弟子

4人の厳しいしごきにあって死に至ってしまった。

和解に持ち込もうとしたが、最悪の結果になってしまった。解決するには金しかない。問題はどのように工面するか。このときは京大相撲部出身である公明党の太田昭宏代表が中に入って交渉してくださった。太田さんは和解の内容を私に伝えてくれ、私は北の湖理事長に報告した。理事長は理事会に諮(はか)ったのだが、了承されなかった。これまでの相撲協会の決まりは、死者に対しては100万円程度の見舞金で終わりというものだったからだ。

しかし、今回は殺人事件になっているのだから100万円程度では済まされないとなり、もう少し多く支払おうとなったが、

大相撲時津風部屋事件で北の湖理事長から事情聴取。中央は渡海紀三朗文部科学相 ＝ 文科省にて

遺族からすれば額が少ないので話が違うとなった。それで刑事事件として告訴された。

私は、相撲協会には当時72億円もの留保金があるのにケチったなと思った。同時に、協会のガバナンスが効いていないと思った。北の湖理事長は力士の大麻問題も起きて一度は引責辞任したが、後に再任された。よほどの人材難だと思った。北の湖理事長の指導力も乏しかったが、他の親方も「我関せず」の風潮が強かった。だからといって、外部の人間が協会のトップについてもガバナンスが効くとは思えない。相撲協会は非常に独特の世界だと感じた。


副大臣として武道とダンスを中学の必須とすることを決めたのは大切な出来事だ。日体大の武道学科を卒業した者として、日本人男子にすべて武道を学ばせることにしたのだから、こんな嬉しいことはなかった。政治家として政策を実現できた喜びを実感できたのである。武道議員連盟の皆さんに感謝、感謝である。一人の力では政策は実現しないのだ。

中学校に武道場を造らせるための予算は、財務省との交渉が大切であった。一般的には、学校施設は国と都道府県、市区町村が均等に負担してきたのだが、武道場は国が9割、都道府県0・5割、市区町村0・5割の負担と決めていただき、全国の中学校に武道場ができることとなった。財務省に武道の必要性を理解していただけた賜物であった。かかる交渉に参加できた副大臣、私にとって大きな出来事であった。

夏の甲子園（全国高校野球選手権大会）の第90回記念大会の開会式で、大臣に代わって私が祝辞を述べた。原稿にとらわれず私の思いを述べた祝辞は、幾度も拍手をいただいた。朝日新聞の夕刊も私の祝辞を評価した。テレビ放送を見た多くの皆さんからおほめの言葉をいただいた。副大臣として各種のスポーツ大会や会議でも私は準備された官僚の書いた文章をそのまま読むことなく、自分の言葉で挨拶したり祝辞を述べたりした。

世界アンチドーピングの会議で、すべての国のスポーツ選手に検査を義務づける私の提案が採択された。大相撲力士の検査でも実施されるようになり、ドーピング問題が一般的になったのも画期的で嬉しかった。

局長、文科審議官、事務次官等の省幹部が決裁する重要な政策書類は、副大臣にも回ってきて大臣に届く。あらゆる重要な人事も同じだ。中央教育審議会のメンバーや文化勲章選考委員まで、官僚が決めた人事を追認したりした。文科省のマークをあの歯車形に決めたのは私だった。たしか3点の候補作から選んだと思う。

ある日、ミュージシャンの内田裕也氏が面会を申し込んできた。秘書たちが驚いていたが、私は会うことにした。「松浪さんなら会ってもらえると思ったんだ」とのこと。以後、内田さんとは親しくなり、食事を幾度もさせていただいたことを懐かしく思う。修学旅行の中学生や高校生が突然、訪問してきたが、私は全員に会い、記念写真に収まった。文科省のハードルが低いことを国民に理解していただく必要があった。これは私のポリシーでもあった。

首相官邸で毎週のように会議があり、大臣とともに出席して国の進む方向、政策にタッチできるのは政治家冥利に尽きた。政府高官の一員になれた実感は、その責任の重大さにも及んだ。服装にも注意し、高官の名誉を汚してはならないと認識していた。

スポーツ関連の国際会議に出張する際の名刺には「日本国スポーツ大臣」と書かれていた。便宜上とはいえ両肩に重荷を背負うような責任を感じた。そこでは省内の案をきちんと解し、私個人のパフォーマンスの発揮はなかった。文科省の役人が私を信頼してくれたのは、役所では私は個性を殺したからであろう。

副大臣室で出されるお茶、飾られる生け花、これらの費用は副大臣本人が負担することになっている。役所のルールは結構厳しく、国民は知らないことが多い。公用車は私用のためには使えず、ちょっとクリーニング屋さんに寄ることもできなかった。公私の区別はきちんとしていて、血税を個人的に使うことを許さない伝統が役所にあることを学んだ。

文部科学副大臣を終えると、自民党の外交部会長に就いた。日本の外交をどうするか、それを決める与党の責任者になり、毎朝のごとく開催される外交部会の議長を務めた。ソマリア沖の海賊から日本の船舶を守るために自衛隊の護衛艦を派遣する問題やインド洋の各国軍艦への給油問題等、国防部会等との合同部会の議長は決まって私にお鉢が回ってきた。官僚たちは私の進行の上手さ、裁き上手とユーモアを知っていたのだ。それに、大物議員に対しても、なぜか貫禄負けしない不思議な雰囲気が私にあったようだ。自衛隊を海外に派遣する問題はデリケートで、議論が多岐にわたったあの論戦沸騰が懐かしい。

永田町では、安倍政権、福田政権、そして麻生太郎政権と自民党政権は日増しに弱体化し、私は自民党が下野する2009（平成21）年8月の衆院選で見事に落選した。翌年夏の参院選では自民党の要請もあって比例代表から立候補したが、支持組織がない以上勝ち目はなかった。いや、地元の自民党支部長を退任するために立候補する必要もあった。落選の敗因は、参院選の比例代表という全国区のやり方を知らなさすぎたことである。内心、私は選挙区を変えて衆院選に出直したいという気持ちも持っていた……。

日体大理事長に就任する

２０１０（平成22）年の参院選で落選し、衆院の選挙区を変えて政治家を続けるかどうか悩みが生じていた。そのような時期に、母校の日体大から理事長就任の要請が来た。当時の大学の法人名は「日本体育会」。最初は恩師の塔尾（とうの）武夫理事長から電話で、数日後に大学の2年後輩の谷釜了正（りょうしょう）学長が東京・永田町の事務所に来て要請されたのだ。

当時の日体大は人事や移転問題をめぐって理事会と教授会が強烈に対立していて、運営がにっちもさっちもいかなくなっていた。誰が理事長になれば事態が収束するのかとなり、双方とも「松浪しかいない」と言ったそうだ。

日体大の非常勤講師として大学院で授業をしていたので、理事会、教授会の双方とも面識があり、わずかながらも大学の経営状況は知っていた。

日体大を卒業して40年余り、「まさか母校の最高責任者に」と奮い立った。しかし、即断はできなかった。政治家として文部科学相になることを目標にしていた。支持者の理解が得られるか不安だったこともあった。大臣まであと一歩。悩むしかなかった。

江崎鐵磨さんら同僚議員は「議員を続けるべきだ」と言って理事長就任に反対した。例外が、自民党の実力者になりつつあった二階俊博衆院議員。「日体大の理事長を務められる人はざらにいない。君なら国会議員2人分の働きができる」。政治の師の激励を受け、就任を決断した。政治との決別、教育者への転身である。

2011（平成23）年6月、理事会満場一致で理事長に就任した。まずは理事長就任と同時に理事会メンバーを大幅に交代させていただいた。透明性の高い民主的な理事会にするためと、私の思想や手法、人間性を理解していただけるメンバーをそろえていただくためだった。人事については一切妥協しない姿勢を貫いた。これにより、理事会の空気は変わり、教授会も支持してくれるようになった。国から補助金を受ける大学として、支出を徹底的に洗い直した。業

日体大理事長に就任。祝賀会で二階俊博衆院議員から祝辞をいただく＝2011（平成23）年7月、日体大世田谷校舎にて

者との癒着を排除し、入札はすべて公開とした。「国際化」「選手強化」「ワンファミリー化」の三本柱を軸に施設の充実に取り組んだ。

大学が生き残るための改革が焦眉の急だった。日体大は当時、教員養成の体育学部の1学部だけ。日本の大学は、一時は規制緩和により乱立の様相となったが、少子化社会に入り、「大学全入」の時代から淘汰される時代に突入している。日体大とて現状のままでよいはずがない、さらなるブランドというものが必要だと思った。そこで「身体に纏わる文化と科学の総合大学」という目標を掲げ、母校の発展を目指したのだ。

毎年約350人前後の卒業生が全国の公立学校の体育教員として巣立っていたが、他のジャンルにも人材を送りたい。そこで学部の再編に着手した。これで、現在は5学部まで増えた。大学院も3研究科を博士課程まで設置した。

途上国での指導者育成や日本の伝統武道の海外での指導を目的とする「スポーツ文化学部」は、まさに私が専門としてきた体育学、スポーツ交流の世界であり、私自身のアフガンでの体験が大きく影響している。日体大は国際協力機構（JICA）が行う青年海外協力隊にOBや在学生を積極的に送り出していたが、理事長に就任してからは大学として派遣隊員の№1を目指すことにした。これまでは立命館大、東京農業大に次いで日体大は第3位であったが、ついに2018（平成30）年にトップの座に就いた。

「スポーツマネジメント学部」はスポーツを生かした経済活動に従事する人材の育成を目指している。自治体にも結構人気がある。「保健医療学部」は救急救命士や柔道整復師の養成。スポーツには事故が付きまとう。選手が負傷したときに第一線で働く人たちになる。「児童スポーツ教育学部」は小学校と幼稚園の教員養成である。幼児、児童の体育の指導。最近は子供の運動量が減っていると言われるので必要な分野だといえる。とにかく、時代のニーズを的確に捉えること、同時に他大学には真似できない学部の創設に取り組んできたといえる。

新学部創設により取得できる資格や職業は教員にとどまらなくなった。学部とは別に、希望者を対象にパイロットやカーレーサーを養成するカリキュラムも用意した。パイロットもカーレーサーも大学で養成するのは無意味だとか道楽だとかいう批判を受ける。しかし、いずれもとても高度な身体能力が求められる。であれば、日体大とマッチするのだ。

特にパイロット養成は、格安航空会社（LCC）の急増やパイロットの大量退職でパイロット不足が深刻になっていること、日体大もかつて飛行機の操縦士を育成していたことがあり、着目した。米カリフォルニア州ナパ郡に本拠地を置くパイロット養成機関International Airline Training Academy（IATA）と提携して1年間かけて訓練を行うものだ。1000万円以上かかる学費がネックではあるが、今春にいよいよIATAで訓練を受けてきたジェット機を操縦できるパイロット第1号が生まれつつある。パイロット養成ではその後も、国内の機関とも提携して、ジェット機だけでなく幅を広げるようにしている。カーレーサーも日本の自動車企業の関連会社と提携して始めた。

教員資格の幅も広げ、支援学校の教員免許も取得できるようにした。少子化に伴い、小中高校の数は減っているが、なぜか支援学校の教員のニーズは増えている。ならば時代の要請に応えるのは当然だろう。私立大学で支援学校の教員免許が取れるところは多くはない。民間企業の求人も増えている。「礼節のある人材がほしい」とか「偏差値よりも元気だ」と言ってくる大手企業も多い。

学部の再編というのも簡単ではない。新しい学部に必要な学者を迎えないといけない。一方で、学者のクビを切らねばならないこともある。教員の給与も抑制してきた。学部再編の資金が必要だからだった。学者や職員には本当に迷惑をかけたと思う。

日体大には日本スポーツ界を牽引する責務もある。

2020年東京オリンピックで日体大からOBを含めて70人の選手を送り出し、金メダルを10個獲得することを目標にしている。

箱根湯本で母校を毎年応援する ＝ 2013（平成25）年1月3日、神奈川県・箱根町

運動部の強化も進めようとした。２０１３（平成25）年の箱根駅伝で日体大は30年ぶりの総合優勝を果たした。２０１７（平成29）年には野球部が古城隆利監督の手によって37年ぶりに日本一に輝いた。古城監督は上下関係の厳しい風潮を排し、部員の意識改革に努めた。日体大ＯＢでプロ野球元中日ドラゴンズの辻孟彦コーチの指導もあった。南海ホークスやヤクルトスワローズなどで監督を務め、名将といわれた野村克也氏には客員教授をお願いした。古城監督は侍ジャパンの大学代表コーチにも就任した。

ただ、私はある人物の監督就任を要請していたが断られた。智弁和歌山高校を全国優勝に導いた高嶋仁監督だった。高嶋氏とは、全く接点はなかったが日体大の卒業同期。全

2018（平成30）年3月、智弁和歌山高校の選抜高校野球大会出場を前に高嶋仁監督を激励。智弁和歌山は同大会で準優勝した。高嶋氏は1970（昭和45）年、著者と同時に日体大を卒業

国の高校野球部の監督に信頼されており、彼ならば全国から良い選手を集められると思った。また、高嶋氏は長崎の五島列島出身で、若い頃は相当なハングリー精神を持っていたと聞いたので、野球部に活を入れてほしい思いもあった。それで、何度か高嶋氏のもとへ行って就任を要請した。

実は高嶋氏に対して、日体大としては約10年前以来の2度目の監督就任要請だった。しかし、受諾には至らなかった。東京での単身生活や年齢のことを考えたのではないか。高校野球の監督を全うしようという思いもあったのだろう。その代わりというか、智弁和歌山高から優秀な選手を日体大に送ってくれた。日本一になった影に智弁和歌山高出身者の活躍があった。

日体大には各スポーツ界で活躍したOBのために「功労スポーツマイスター」という制度がある。野球では高嶋氏だけに与えられた。高嶋氏は甲子園歴代最多勝利監督となり、2018（平成30）年の夏の甲子園を最後に監督を勇退し、名誉監督となった。

大学改革は学部再編や運動部の強化にとどまらない。キャンパスにオブジェ（作品）が多いのも、いまの日体大の特徴といっていいだろう。

世田谷キャンパス（東京・深沢）の教育研究棟前にはライオンの像がある。大手百貨店、三越の閉鎖された店舗にあったものを譲り受けたのだ。閉店後、

2015（平成27）年3月、三越から日体大に贈られたライオン像の除幕式で。像にまたがる同大OGでロンドンオリンピック女子体操代表の田中理恵氏（中央）、三越伊勢丹ホールディングスの石塚邦雄会長（左から2人目）らと。右から2人目が著者 ＝ 日体大世田谷校舎にて

日本橋本店の地下に眠っているのを聞きつけて、三越伊勢丹ホールディングス（ＨＤ）の石塚邦雄会長に「ライオンは日体大のシンボルなんです。店で使わないのならいただきたい」と直談判したのだ。かつて、日体大の近くに三越の中元や歳暮を配達する拠点があり、そこで多くの日体大の学生がアルバイトをしていた。

「日体大さんとは縁がありますからね」と石塚さん。文化勲章受章者の圓鍔勝三さんの代表作「魚と少年」が日体大に飾ってあることも気に入ってくださった。圓鍔さんの作品は三越でしか扱っていないそうである。

研究棟には、圓鍔さんの作品の他、文化勲章受章者の中村晋也さんや北村西望さんの作品もある。エントランスホールには中村さんの代表作である「ＥＯＳ」があり、「萌えるリズム」「太古の血潮」「朝の祈り」「姉妹のブロンズ像」もある。他にも、ライオンに関する像は喜んで寄贈していただいている。

ＯＢが「いつの間に日体大は博物館になったんだ」と驚くほど。慶應義塾長だった安西祐一郎さんは「日体大は優勝トロフィーやメダルを飾っていないんですね」と驚かれた。オブジェに積極的になったのは、学生に心も豊かになってほしい、との思いからだ。そこが、いわゆるスポーツ学校との違いだ。肝心の学生の関心は今ひとつのようだが、他の大学に行ったときに「日体大と違って殺風景だなあ」と気付き、作品がある重要さを理解してもらえればいいと思

文化勲章受章者・中村晋也氏と「美について」対談する ＝ 鈴鹿市文化会館にて

っている。

ともあれ、スポーツとは美の追究であるゆえ、今後とも美術館に負けないような作品を収集したいと考えている。特徴あるキャンパス造りは、経営者としては当然だと考えている。

植木にしても、記念になる樹や地中海の350年の樹齢を誇るオリーブを数本植えている。また、協力協定を結んでいる和歌山県みなべ町が、ことある度に特産の南高梅を植えてくださる。冬の寒い折、南高梅の可憐な花が私たちに勇気を与えてくれている。梅の収穫で梅干しを作り、教職員や学生が食している。また、オリーブの樹はバケツに一杯の実をもたらす。これらは学生食堂で学生たちに提供している。

スポーツ技術の開発は、機能美の追究である。美意識を高める意識を持たないかぎり、高度な

（写真左より）著者、東大教授・松尾豊氏、㈱イカイ社長・伊海剛志氏、日体大学長・具志堅幸司氏

技術を開発することができない。スポーツは芸術と背中合わせの関係にあるだけに、常に豊かな心を造るためにキャンパスのありようを考えている。魅力的で特色あるキャンパス、すぐに結果が出ないとしても教育効果を狙うキャンパス、日体大の独自性をうたい上げたいものである。

日大大学院で体育学を学んだ者として、いかなるキャンパスが教育効果があるか、その実践ができるのが楽しい。私は母校を愛し、さまざまな挑戦、改革を実現させたが、右腕となる今村裕常務理事の存在が大きい。大学の嫌われ役を演じてくれ、文科省との交渉役や諸々の書類作りに専念してくれた。私とのコンビは絶妙で、日体大をすっかり変えることに成功したと思っている。

また、企業による応援団体「獅子の会」（会長・武部勤・元自民党幹事長）を発足させ、大手企業100社が協力してくれている。その中でも静岡県沼津市にある㈱イカイの伊海剛志社長は、水球部や相撲部の後援会長を引き受けてくださり、物心両面の協力をいただいている。AIの時代がやって来ているゆえ、東大の松尾豊教授をはじめとして、AIの導入のためにも多大なる協力を仰いでいる。人材派遣会社を経営する伊海氏は、企業人として様々なアドバイスをしてくださる。感謝するばかりである。

自治体との連携に力を注ぐ

日体大は地方自治体との連携にも力を入れている。健康づくりを通じて地域活性化に協力する「地方再生プログラム」というもので、2019（令和元）年7月時点で70の自治体と連携した。子供を招いてトップアスリートと交流する、お年寄りに健康寿命を延ばすための栄養学を教える、「まちの体操」をつくる——などに取り組んでいる。年に1回、地方自治体と合同のフォーラムを東京で盛大に開催する。毎回、自民党の二階俊博幹事長に講師を務めてもらっている。日体大の全国レベルの知名度アップにもつながっている。

この自治体との連携は、岡山県美作(みまさか)市から始まった。今村裕常務理事のアイデアで萩原誠司市長と合意して始まった。美作市は山中にある自治体だが、日体大にとっては魅力的な施設を多く持っていた。これらの施設を日体大生が活用させていただく代わりに日体大が市民のために協力するという連携であった。やがてこの連携が飛び火のごとく全国に広まり、その自治体が増えてきた。基本的には都道府県で1自治体としていたが、OBの関係や熱烈な首長の存在等によりこの基本が崩れてしまった。

時の流れは大学が地域社会と連携する方向にある。地域課題とコミットする必要性が高まり、地方にある大学は生き残りのためにも地域と連携する。地元産業の第二の創業支援のために自治体のシンクタンクとなる大学、地域の活性化のためにさまざまなプログラムを自治体に提供し、協力する大学、これらの動向は全国的である。が、日体大は隣接する自治体と連携するにとどまらず、全国の自治体と連携している。日体大が全国区の大学であること、卒業生が全国に散らばっていること、ネームバリューが行き届いて信頼され、著名なアスリートを多数輩出してきたこと等が、どこの都道府県であろうとも日体大との連携を望まれている理由であろう。私どもの方から自治体に連携のお願いをしたことはないが、次から次へと各地から連携の要請があることが嬉しい。

自治体の期待することとは、住民の健康増進である。この共通したテーマを生かすには、日体大を利用すべしとなるのであろう。また、若者や子供たちに対して、夢を与えるイベントを企画することによって興味を持っていただける。オリンピックのメダリストと交流することによって希望を持つようになる。青少年の健全育成にも寄与できると呼んでいただいている。

日体大には、安価で宿泊できるゲストハウスを完備している。地方の人たちが大学で活動するために利用していただいている。毎日のように満室だ。とりわけ、夏や冬の休暇中ともなると、全国から小中学生が集まってくる。修学旅行の生徒らの見学コースにもなっている。地方自治体と連携している効果は大きく、少子化にもかかわらず地方からの受験生の人数が減少していない。大学にとって、経営上、連携は重視されるべきもので、他大学ではできないプログラム開発に取り組み、大学の活性化にも大きく貢献していただいている。この地域連携は、日体大の売り物の一つとして定着した。

地方連携の式典は、必ず日体大が地方に出向く。その理由は、東京ではニュースにならないからだ。一方、地方では地方テレビ局のニュースや地方紙が大きく報道してくれる。この報道を宣伝料に換算すれば、出張費、交通費は安いものとなる。日体大という活字が地方紙に大きく掲載されると、現地の卒業生までも元気になり、さらに母校愛を強めていただける。式典には卒業生を招待し、母校の躍進ぶりを実感していただくようにしている。

山口県・岩国市と協定締結記念として、天然記念物の白蛇の脱皮した皮で描かれた「寿」を福田良彦市長から大学へ寄贈

岐阜新聞　2019年（令和元年）6月1日 土曜日

跳馬器具贈り スポーツ連携

1964年東京五輪で使用、郡上で保管

市と日体大、協定締結

1964年東京五輪で使われ、郡上市の「郡上八幡体操クラブ」が保管していた体操の跳馬器具が31日、体操の名門・日本体育大学へ寄贈された。同市八幡町の五町社会体育施設で贈呈式が開かれ、日体大の松浪健四郎理事長に目録を手渡した同クラブの森田[illegible]代表は「体操ニッポンの歴史を物語る史料。多くの人に見てもらい、体操に興味を持つ機会になればうれしい」と話した。

贈呈式には、ロサンゼルス五輪体操金メダリストの具志堅幸司日体大学長、日置敏明市長らが出席。松浪理事長は「本学OBらにも縁がある貴重な器具。展示し、64年五輪を思い返す場にしたい」とあいさつ。現在とは異なるこの型の跳馬を使った世代の具志堅学長は、跳馬に触れ懐かしみながら「これを活用した企画を催し、来年の東京五輪を盛り上げたい」と語った。

跳馬は、脚に「TOKYO 1964」のエンブレムが付いており、翌65年岐阜国体のため県が購入した1台。64年五輪の跳馬では、日体大出身の松田（旧姓山下）治広さんが金メダルを獲得している。

森田代表は、この跳馬を有効活用できないかと考え、日体大出身の國井続三県体操協会顧問と共に松田さんを訪問。名誉教授を務める母校に贈ることを提案され、寄贈が決まった。

また、郡上市と日体大は同日、スポーツ振興などで協力する協定を締結。大学各運動部の合宿や、スポーツ教室への指導員の派遣、市内の指導者への講習会などで連携を図る。

2日には改装を終えた同体育施設のリニューアル記念イベントとして、日体大体操部員による模範演技や体操教室が行われる。跳馬は4～9日、同市八幡町の市総合文化センターで展示される。

（田代瑠加）

郡上八幡体操クラブが保管し、日本体育大学に寄贈された1964年東京五輪の跳馬の贈呈式＝郡上市八幡町、五町社会体育施設

岐阜県・郡上市との協定締結を報じる地方紙

地方自治体の教育委員会は、毎年幾度も教育講演会を開催する。頭が痛いのは、限られた予算で著名人を呼ぶことができない点であるらしい。しかし、日体大と連携することにより、多くの有名人を派遣してもらえるというメリットもある。日体大は、創立125周年を機に、本学出身のオリンピアンが培った経験と知見を生かそうと「オリンピアンズクラブ」（森田淳吾会長＝ミュンヘンオリンピック男子バレーボール金メダリスト）を創設した。その中から適任者が派遣されるようになっている。オリンピアンの派遣の効果は地方自治体には大きいそうで、集客力や教育効果を考えれば広報価値があるらしい。いずれにせよ、日体大は地方自治体との創生、再生のために全国的に貢献していく覚悟である。恐らく、すぐに100を超す地方自治体と連携することになろうか。

長崎県島原市や大阪府泉佐野市等の教育委員会は、

日体大に小中学生を派遣するために予算を計上している。受益者負担で自己負担の自治体も散見されるが、どの自治体も熱心である。地方からみて、東京の日体大は憧れの大学であるとしたならありがたい。また、自治体によっては修学旅行の途中で大学に寄って、さまざまな体験をさせるプログラムを組んでいる。あらゆるケースに大学は対応し、小中学生が満足するように協力させていただいている。

地域社会は、住民間に活力を与えるために諸々の工夫をされているが、なかなか特効薬が見つからない。日体大との連携は、金のかかる話ではないため、各自治体は積極的である。連携によって日体大の各運動部が合宿のためにその自治体に行く回数も増えてきた。数十人の学生が10日前後も合宿する経済効果も大きいが、それよりも地元の小中学生を対象にクリニック（講義）を開催したり、練習会を行ったりして交歓できるのは、日体大生にとっても貴重な体験となる。山口県柳井市では毎春、野球部を招待していただき合宿を2週間も行っている。市民が歓迎してくださり、学生たちは小中学生のための野球教室を開く。ライオンズクラブやロータリークラブの皆さん、地元新聞社、ＯＢ会等が資金援助を市とともに協力してくれている。市民に刺激を与え、子供たちのために役立っていると喜ばれている。

文部科学省は日体大のこの事業に対し支援してくれていないが、少子化の進む日本社会にあって、日本大の存在を全国で刻印できる効果は大きい。各大学は生き残り戦略を研究されているが、なかなか決定的なアイデアを出すことができないでいるのではないか。日本大は自治体との連携が生き残り戦略の一つとして定着した。その宣伝効果は想像以上に大きいようである。

毎年盛大に開催する自治体のフォーラムの講師を日本大の名誉博士であられる二階俊博さんにお願いしている理由は、地域活性に関する氏の理解と着想にヒントを得たいと考える自治体の首長の出席を促すためと、日本大の地方自治への貢献を認識していただくためだ。私たちの思惑通り、多くの首長が出席してくださっている。また、首長が互いに知人となり、自治体と自治体の連携を呼び起こして新事業を展開させる副産物を生んでいる。北海道から沖縄まで全国におよぶ日本大の地方連携は他大学ではできない事業であるかもしれない。各自治体が大学と関係を持つことにより刺激を受け、連携事業に取り組み、自治発展するための研究も大切なのである。

日本初の支援学校設立

2017（平成29）年4月、北海道網走市に全寮制の日体大の付属高等支援学校が開校した。元自民党幹事長の武部勤さんから、市のために廃校となった校舎を日体大で活用してもらえないかと依頼があったのがきっかけだった。

知的障害者の中には運動を得意とし、特に徒競走のような個人競技で特異な才能を見せる子や芸術面で才能を持つ子が少なくない。普通の学校で学ぶのが難しいのなら、スポーツや芸術を専門にした支援学校があってもいいのではないかと。

現地に足を運ぶと、女満別（めまんべつ）空港から近い。これなら東京などで暮らす親も学校に行きやすい、ここで日本初のスポーツのための支援学校をやってみよう、と考えた。その後も多くの自治体から廃校の活用依頼が来ている。

思案の末、労作教育、スポーツ教育、芸術教育を三本柱にして、日本では初の私立大学で経営する支援学校を開校することができた。経営を心配していたが、北海道庁や網走市が応援してくれた上、日本財団も支援してくださったのは望外の喜びとなった。協力してくださった水谷洋一網走市長に感謝するしかない。

開校式典には江崎鐵磨沖縄北方担当相、高橋はるみ道知事（現・参院議員）も出席してくださり、お祝いしていただいた。水谷市長も私も涙を流した。日本で初めての新しい高校を開校できた喜び、それは日体大の歴史の一ページを飾る一コマであった。

日本の国立の教員養成大学は、米国の師範学校と同様、学内に養護学校（支援学校）を設置し、障害者教育を実践させた。東大の教育学部だけは双生児研究の附属中等教育学校にしたが、日本でも障害者の教育については戦前から取り組んできた歴史がある。しかし、公設施設は横に置くとして、私立の高等支援学校はできなかった。その理由は経営が成り立たないからであった。支援学校教育は、一般の学校と異なり、多人数の教員が求められるため、大幅な支出を覚悟せねばならないため、どうしても国公立でなければ経営できないのだ。

日体大は私学として初めて挑戦することにした。社会貢献もあるが、パラリンピックが大きく報道され、共生社会をつくる雰囲気が高まり、差別が許されなくなった現在、個性的な支援学校があってもいいのではないかと考えるに至った。「すべての人たちにスポーツを」というスポーツ基本法の理念もある。が、赤字経営が当初から予想されるのに、私立大学が設立に乗り出すべきか、それこそ大問題であった。

私は理事長として理想を述べ、大学のイメージアップにもなろうが、赤字経営をどうするのか、この問題はなかなか解決できなかった。

しかも、廃校となった学校を支援学校にするため、校舎改築と寮の建設が不可欠。約30億円の費用が必要だという。谷釜了正学長は、新時代を見つめたとき、支援学校が必要であり、私学の独自性を発揮するためにも賛成すると述べられた。建設費だけではない、開校後の資金調達も問題であった。今村裕常務理事にその資金問題を一任し、設置の方向で研究してほしいと丸投げした。

今村常務は、まずこの支援学校を日体大が「支援学校教員免許」を出すための実習校にすることを提案された。だが、この免許を出す条件を満たす教授が全国的に不足していて、協力してくれる教授の発掘から始めねばならなかった。今村常務は、あらゆる人脈を通じて、やっと資格を持つ教授を集めてきた。日体大にブランド力があったことと、日体大のやろうとしている姿勢を評価してくださったのである。

校舎の改築費と寮の建設費については、大学近くにある元女子寮の土地を貸し出すことにより半額を工面し、残りは日本私学振

支援高校の生徒たち

興・共済事業団と銀行の融資によってまかなうというスキームを今村常務が発表し、定員40人の生徒が集まれば経営可能だと理事会に諮った。理事会では、細川護熙元首相夫人で、公益財団法人「スペシャルオリンピックス日本」（ＳＯＮ）の元理事長（現・名誉会長）の細川佳代子理事が涙ながらに大演説を始めた。細川理事は、ＳＯＮが知的障害者にさまざまなスポーツトレーニングと競技会を提供する組織であることから、障害者スポーツの意義と重要性を滔々と述べられ、「設立すべし」と応援してくださった。理想だけでは学校はできないのは申すまでもないが、細川理事の応援演説がなければ、この構想はどうなったかわからない。

私が米・東ミシガン大に留学していたとき、同大のハンディキャップスクールで体育の実習があった。私のクラスはサリドマイドの障害を持つ児童らで、マット運動と水泳を指導した。簡単な前転運動だけで大喜びする児童を見て、私はすべての子供たちが運動・スポーツをする権利があると実感した。この体験が支援学校設立の原点にあった。日体大で養成する小中高の教員にはぜひ、支援学校教員免許も取得してほしい。そのための実習校としての支援学校にしたいという思いと、北の大地で、あの厳しい風土の下で大自然を相手に教育したいという願いが実現したのである。

日体大は名古屋の名城大学と協力協定を結んでいる。連携を深め、刺激し合って協力して発展させようと仲良くしている。競合する学部・学科がないため、互いに補完し合える関係にあり、そのメリットを共有している。学生たちも日体大では取得できない他分野の教員免許も手に入れることができる。また、東京の情報は早く、新鮮である。これらも名城大に提供せねばならない。両大学は評議会や理事まで人材を出し合い、強固な関係にある。

そんな名城大との関係を深めているうちに、名城大の卒業生で名城大の経営に協力されてこられた長谷川士郎氏は、なぜか日体大に強い興味を持たれ、北海道の支援学校に多額の物心両面の支援をしてくださるようになった。㈱メイドーと、㈱MCシステムズの会長であり、私どもの心意気に賛同してくださったのである。メイドーはトヨタ車をはじめ車や航空機のネジを製造するトップメーカー、MCシステムズは金属部品の耐久性を向上させるために特殊処理をする会社で、自動車製造には欠かせない。日体大と無関係であるのに支援学校の学生を応援してくださるばかりか、網走市にも協力していただいている。長谷川氏の協力は大学支援にまで及ぶようになり、「メイドー・MCS・長谷川奨学金」を設立、毎年10名を超える学生が恩恵を受けている。

毎年、長谷川氏をはじめ、多くの社員の皆さんがわざわざ網走の支援学校に視察のために来校される。こうして経営に苦しむ学校に犠牲的精神を発揮され、支援してくださる長谷川氏には感謝のしようもないくらい世話になってきた。私たちには長谷川氏の篤志家としての存在は

2019（令和元）年度の長谷川奨学金授与式。前列中央が長谷川士郎氏の長男・㈱MCシステムズの長谷川靖高社長

神の使いであるかに映る。

　長谷川氏は、芸術好きでもある。大学に高価な名画も数点寄付してくださった。日体大の芸術作品が増加し、いよいよ美術館になりつつある。芸術を愛する人間性が、支援学校という特殊な学校を応援してくださり、学生のために奨学金制度を設立してくださった。大学としてこれ以上の喜びはないし、ひたすら感謝するしかない。高齢であられながらオホーツクからの吹く風にも負けず、冬だというのに長谷川氏一行が支援学校を訪問され、激励してくださる行事は、生徒・教職員にとっては感謝デーである。

　多くの人たちに支援学校設立の意義を理解していただき、私立大初の付属学校がスタートを切った。初年度は17人の入学者だった。厳しい船出となったが、私は実績のない学校だけに当然だと思った。日体大が１８９１（明治24）年にスタートしたときの入学者は５人だったという。そのことを考えれば、支援学校の未来は明るいと思った。卒業生を出し、歴史を重ねることによって、この支援学校は必ず評価されると期待している。日本初の試みは、どうしても成功させねばならない。日体大の挑戦はこれからである。

ちなみに、２年目の入学者は22人、３年目は35人であった。定員40人にだんだん近づいてきた。全寮制という特殊な学校だけに親離れできない生徒、子離れできない両親には壁が高い。私たちは理想を追うだけで研究不足もあったが、嬉しいことに理解が深まりつつある。どんなことがあっても、成功させねばならないと努力中である。

日本・アフガニスタン協会会長

アフガニスタン（アフガン）はまさに「第二の母国」。長く混乱が続いていても、愛着を失ったわけではなかった。「日本・アフガニスタン協会」を設立して会長を長く務めている。日体大の理事長に就任し、多摩川の河川敷にある日体大荏原高校のグラウンド（東京都大田区）を借りて、同校の野球部員の協力を得てアフガニスタン凧揚げ大会を実施している。東京九段・ライオンズクラブや城南信用金庫、キヤノン、佐藤工業等の協力のおかげでもある。特に前々会長の塩手満夫氏の系譜を引くライオンズクラブの工藤章氏には世話になった。

正月を祝う日本の凧揚げとは違って、アフガンの凧揚げは相手の凧糸を切って勝負を争うというれっきとした競技。さすがに多摩川では「けんか凧」はご遠慮だが、アフガンの子供たちにも喜ばれた。最初は１００人程度だった参加者は、６回目となった２０１９（平成31）年２月の大会では５００人にまで増え、大田区の風物詩ともいえる行事になるほどになった。

会場の近くにはキヤノンの研究所がある。キヤノンに協力をお願いしたら、同社は応じてくれたばかりか、日体大となにがしかのコラボレーションができないかと提案してきた。思わぬところで日体大の活躍の場が広がることになったのだ。

協会としては、国立カブール博物館に永年高価な美術書等をできうる限り送り続けてきた。シルクロードに位置する文化遺産の研究に寄与してもらいたい。

２０１３（平成25）年、ハーミド・カルザイ大統領から日体大名誉博士号授与のお礼として正式な招待状をいただき、家内とともにカブールを訪問した。カブール国際空港のターミナルは日本の支援により立派に完成しており、空港前には太陽光パネルが並び、まさに近代的施設となっていた。

空港に出迎えてくれたのは、日本の大使館員ではなく、アフガン政府の儀典次長。防弾車のベンツに乗り込んで市街の日本大使館へ向かうと、前後を警備の車が付き、カラシニコフを手にした大統領府の兵が身構えていた。大使館に到着するまでに幾つも検問所を通過せねばならなかった。聞いてはいたが、まさに厳戒態勢。治安の不安に一瞬襲われ、「９・11」をきっかけに米軍を中心とする多国籍軍に圧倒されたはずの武装勢力「タリバン」のパワーが復活し、混乱がいっそう増大している様子を認識した。

日本大使館に到着し、ようやく高橋博史大使らの出迎えを受けた。大使館の警備担当者から諸注意事項のレクチャーを受けた。テロや外国人の誘拐事件が多発しているので自由に街を散策することはできない、と。宿泊にあたっては、アフガン政府側から最新で第一級のセリナホテルを案内されたが、高橋大使はノルウェー外相が襲撃された件もあり、大使公邸に宿泊するのが安全だと勧め、その通りにした。部屋には防弾チョッキ、非常用無線電話、十分な飲料水が用意されていた。平和な日本からテロ多発の国に来たんだと意識せねばならなかった。

翌日昼、私は家内、高橋大使らとともに大統領府へ向かった。ここでも5カ所の検問を通らねばならなかった。さらに持参した荷物はすべて取り上げられて宮殿にようやく入れた。元国王とのツーショット写真が通行証代わりになっていたときと比べ、警備があまりにも厳しくなっていたことにアフガン政府の現状を思い知らされた。

カルザイ氏は、両手を広げてのポーズを見せて大歓迎の意思を示してくれた。谷釜了正学長から学位記を授与される写真が飾られていた。カルザイ氏にとって、日本の大学からの名誉博士号が心にしみて嬉しかったのであろう。２００２（平成14）年の東京での復興支援会議で彼がアフガン復興計画とかをスタートさせたときが思い出される。

1階の大テーブルで昼食会が催された。今まで食したことがないフォーマルで最高級のアフガン料理であった。カルザイ氏自らが私の皿に沢山の料理をよそってくれた。家内も目を輝かせて舌鼓を打った。

デザートを食べながら、カルザイ氏との会話が弾んだ。同時に、いろいろな質問をぶつけた。憲法では任期2期までとなっているが、大統領は翌年に本当に職を辞するのか、憲法を改正して再出馬するのか。カルザイ氏は憲法に従い、新しい大統領が就任すると明言された。次の質問は、米軍が翌年に撤退するというが、どれだけの米兵を残し、何カ所の基地を与えるのか。カルザイ氏は、まず米側との信頼関係を良好にしなければならないと前置きした上で、地位協定をきちんと詰める必要があると述べられた。

3番目は、アフガン政府内の賄賂問題をただした。カルザイ氏が眉間にしわを寄せたのを記憶している。「たしかに、政府内の賄賂問題は存在する。しかし、西洋のごとく大きなものではなく、小さなものだととらえている」。それ以上突っ込んだ質問をする必要はなかった。また、この昼食会で後述のアフガニスタン秘宝展の日本での開催に関する再確認をした。

その後、カブール大を訪問し、日本政府からのバス寄贈式典で祝辞を述べ、学長らと会談した。このときのアフガン訪問は、高橋大使が段取りよくスケジュールを作成してくださったので、ムダのない滞在となった。ただ、公共建造物や各国の大使館がおしなべて要塞化していたカブール市街は、心身ともに窒息させられる雰囲気で、生活環境は最悪なのだと思わざるを得なかった。平和を希求し、アフガンの国民の幸福を願って、あらゆる支援をせねばならないと改めて痛感した。

日本でアフガンの美術展を開催することは長年の夢だった。

アフガンには国立カブール博物館があり、「文明の十字路」にふさわしく、古代ギリシャやローマ、エジプト、インド、中国との交流などがうかがえる貴重な考古学的遺物が数多く収蔵されていた。旧ソ連の撤退後の政変や偶像崇拝を否定するタリバン政権（実際に支配していたのはアルカーイダ）はカブール博物館をことごとく破壊し、名宝も破壊されたり略奪されたりした。略奪された遺物は闇市場に出回り、平山郁夫さんらが「美術品の難民」として買い取った。

しかし当時の館員たちは、博物館が標的にされるとみて、館長の指示を得て特に貴重な世界的な収蔵品をあらかじめ博物館から持ち出し、中央銀行の地下倉庫や情報文化省の施設に分散して隠しておいたのだ。そして隠した施設の鍵を壊し、関係者以外には所在を一切秘密にし、略奪されたり破壊されたりしないよう体を張って守った。

タリバン政権崩壊後の２００３（平成15）年、以降政権大統領に就任するカルザイ氏が地下金庫を案内された際に遺物の存在が明らかになる。その後、２００６（平成18）年のフランス・パリにあるギメ国立東洋美術館での開催を皮切りに、米ニューヨークのメトロポリタン美術館、大英博物館などで展覧会が開催された。ギメの展覧会についてカブール博物館のマスーディ館長より以前から聞いていたので、２０１３（平成25）年のアフガン訪問の際にもカルザイ氏に「日本でも展覧会を行ってほしい。アフガン問題を日本で風化させたくない」とお願いした。カルザイ氏は承諾してくれた。

展覧会の開催には事業者となるマスコミの協力が必要なのだが、テロばかりを報道される国に対して色よい返事はなかった。幸い、産経新聞社で「アフガン博」をやりたいと企画している話があり、ニューヨークで開催された展覧会のカタログを片手に、アフガンにも素晴らしい美術品が残されていることをアピールしながら、いよいよ前に進み出した。ところが日本の東京国立博物館の体制が整うも、アフガン側の博物館の館長が交代し、後任も決まらないうちに、日本の国家保障に関するタイムリミットが迫って、あわや開催が流れる事態になりつつあった。アフガン政府に直にお願いしに行くべしと腹をくくったが、政府のトップ同士で調印を交わすというアフガンルールがギリギリのところで変更され、東京国立博物館の銭谷眞美館長とアフガンのファティミ駐日大使の署名で開催がＯＫとなった。

「黄金のアフガニスタン」のポスター

２０１５（平成27）年11月、東京のア

フガン大使館で報道発表会の開催に至ったときは、夢物語を見る思いだった。

2016（平成28）年1月から2月にかけて九州国立博物館、同年4月から6月までは東京国立博物館で「黄金のアフガニスタン 守りぬかれたシルクロードの秘宝」展の開催にこぎつけることができた。

銭谷館長は、私が文部科学副大臣のときの文科事務次官で息が合っていた。日本での開催の意義を理解してくれ、各方面に働きかけてくれた。天皇、皇后であられた上皇ご夫妻の他、寛仁親王妃信子さま、三笠宮家の彬子さま、高円宮妃久子さまにもご覧いただだいたことは光栄であった。加えて、1963（昭和38）年に開催された「アフガニスタン古代美術展」以来の世界的展覧会で22万人以上の来場者があり、日・ア協会の会長として両国交流に寄与できたことは望外の喜びであった。1973（昭和48）年に上皇さまご夫妻（当時は皇太子と皇太子妃）がアフガンを訪問されたことは日本とアフガンの両国民に長く語り継がれ、両国親善のシンボリックな出来事として記憶されている。それ故、旧知の河相周夫侍従長（現・上皇侍従長）に目録をお渡ししていただくよう依頼した。互いに病院で出会った縁が幸いした。

日本での展覧会では平山さんらが買い集められた「美術品の難民」も展示された。「美術品の難民」は展覧会終了後、平山さんの遺志によりアフガンに戻された。

高円宮妃久子さまは、私が高円宮さまに親しくさせていただいた縁もあり、よくお会いするが、スポーツにも芸術にも活動を深められておられると聞き及び、民間の一人として心強く感じる。私は若いころ、古代オリエント歴史学者であられ、日本オリエント学会の会長をされていた三笠宮崇仁さまに皇居でアフガンについてご進講させていただいたこともあった。また、平山さんが集められていた「美術品の難民」を東京芸術大で展示された折、平山郁夫さんと私が上皇ご夫妻に応接室でご説明させていただいたこともあった。

衆院議員になって直後、園遊会に招かれた折、秋篠宮さまから「松浪先生、スポーツ人類学の研究を続けてください」とのお言葉をいただいたことも忘れがたい。私がスポーツ人類学者であったことを秋篠宮さまがご存知であられたのには驚くしかなかった。

ともあれ、アフガン展は大成功を収めたが、一番活躍したのは、カルザイ氏に陳情を願い出た家内であった。彼女のアフガンへの情熱は私もかなわないくらいだ。さすがに長男を出産した国だけにその国への思いが強いかに映る。今も、アフガン、イランや中東をはじめ各国の留学生たちの世話を楽しみにしている。

長男の名は「登久馬」と既述したが、実はペルシャ語で「トクマ」は洋服のボタンを指す。アフガンの人たちは、日本とアフガンを結びつける意味で「トクマ」と名付けたと思っていた。アフガンの人たちは、私の名を知らなくとも「トクマ」は知っている。アフガンの人々の挨拶は「息子さんは元気ですか」で始まる。あのカルザイ大統領ですら、私に「トクマさんは元気ですか」と言うほどであった。現地語の名だと一発で覚えられるのが面白い。

在カブールの鈴鹿光次（みつじ）大使も、帰国されたならば必ず日体大を訪問してくださる。日体大は私学としてアフガンからの留学生を系列高等学校より受け入れ、奨学金を出している。留学生は日本語も上手になり、立派に成長してくれている。将来、日体大で学んだことを持ち帰り、日本とアフガンの両国関係のために貢献していただきたいものである。

日本政府は、米国に次いで資金や物資の援助を続けてきた。しかし、アフガンの事情は好転することなく、援助が本当にアフガンの国民のために役立っているのかと疑問を持つようにもなっている。アフガン政府の対日本に関しては、ただの援助国としか見ていないかに映る。政府要人が来日することもなく、日本政府の要人もアフガンを訪問しない現在、アフガン支援について再考する必要がある。タリバンとの和平会議についても、駆け引きは必要とはいえ、アフガン政府は国民のために和平に向かってほしいのだ。平和を求めないアフガン政府への援助を考えねばならない。アフガンを愛する者として、これだけ永きにわたって内乱の続く国への支援は、ザルに水をかけているに等しい。

混迷の歴史の中で、ムハンマド・ナジブラ元大統領（親ソのカルマル政権を引き継ぐも、1

日本サッカー協会の田嶋幸三会長（左）がAFC理事当選のお礼に来学。右は今村裕日体大常務理事

996＝平成8＝年、タリバンに処刑される）、ムジャヒディン各派、カルザイ氏にお会いする機会を持ちながら、平和の行方を追ってきた。日本人で最も深く強くアフガンと関係を持った一人として、第二の母国とも感じている者にとって、アフガンの平和と国民の安穏な暮らしを願う。また、いかなる貢献ができるか、しっかり考えていかねばならないと思う。こうした今もカルザイ名誉博士が植樹した日体大の杏は悠々と豊かに成長している。

日本サッカー協会の田嶋幸三会長が2019（平成31）年4月、アジア・サッカー連盟（AFC）の理事に再選され、国際連盟の理事に就任された。日本は実力国ではありながらAFCの理事選では苦杯をなめてきた。アジアの理事にならないと国際連盟の理事になれない仕組みだ。アフガンと日体大との関係からＡＦＣの有力メンバーであるアフガンが、強烈に田嶋氏を支持、応援してくれたのだという。瓢箪から駒、意外なところで日体大が貢献したこととなり、田嶋氏に感謝されたのには驚いた。

先日、アフガンのオリンピック委員会一行が日体大に視察のためにやって来た。大学の施設を見て感激されたが、東京オリンピックの際、事前合宿先が決定していないという。多くの国はホストタウンを決定しているが、アフガンはまだ決まっていないのだ。私は日体大がアフガン選手団の事前合宿として施設と練習パートナーを提供できるものであれば協力したいと伝言させていただいた。

アフガンとの交流ができなくなって久しい。また、アフガンのことをよく知る人たちも故人となられ、この国のことを理解してくださる人は減少の一途である。いずれ平和なアフガンになると信じ、第二の母国の支援のために頑張っていきたい。

訪朝を決意する

2012（平成24）年11月、初めて北朝鮮・平壌の地に降り立った。私を団長に、柔道やサッカー、レスリングの学生による総勢46人の日体大のスポーツ交流訪朝団を組織したのだ。

訪朝は好奇心というようなものではない。日体大の「ミッション（使命）」を忠実に行うというのが大きな理由だった。「国際的な競技力向上に貢献する」「スポーツの力を基軸に、国際平和の実現に寄与する」――。前年にはスポーツ基本法が制定された。基本法の前文には「スポーツは世界人類共通の文化である」と。実は、スポーツ基本法の策定に、当時は国会議員として関わっていた。「平和のツールとしてスポーツを書き込むべきだ」と強く訴え、前文の一節ができたのだ。

しかし、訪朝しようという時期は、政府がミサイル発射を受けた経済制裁の一環として、北朝鮮への渡航を自粛するよう求めていたときだった。外務省や文部科学省が、われわれの訪朝に大いに難色を示したのは当然のことではあった。それゆえに、この時期の訪朝は逆にインパクトがあってチャンスだと捉えた。「政治・外交問題については一切関与しない、あくまで純粋なスポーツ交流のみだ」と、両省にお願いし、「黙止」の形で訪朝が実現した。

訪朝にあたっては、団長や役員は自己負担、学生の費用はカンパを募って捻出した。北朝鮮に対しては滞在費を除く資金を拠出することはしなかったし、サッカーボールや柔道着を贈るようなこともしなかった。物資や資金の提供は一切しない上での訪朝だった。政府が経済制裁を実行している関係で私たちは神経質な精神状態で訪朝した。

北朝鮮では盛大な歓待を受けた。朝鮮中央テレビは連日、「日本体育大学」の動静を報じてくれた。サッカーは、北朝鮮が国力を結集して造った金日成競技場で行った。北朝鮮側は一国を代表する選手が出場したので、日体大が負けるのは必然の結果。それでも、5万人の大観衆は北朝鮮チームのみならず日体大チームにも声援を送ってくれた。金永日(キムヨンイル)朝鮮労働党書記は私と家内、谷釜了正学長を党本部に招待してくれた。そして訪朝に感謝された。

北朝鮮とは国家体制も文化も言語も異なる。しかし、スポーツは世界共通のルールの下で行う。相互交流のメリットがあると思った。学生にとっても北朝鮮の一線級と試合をするので、大変良い刺激になった。

平壌郊外にも足を運ぶことができた。妙香山(ミョヒャンサン)というところに「国際親善展覧館」があり、1台の高級車を見学した。金日成主席が使ったというベンツだ。贈ったのは力道山だという。力道山は、今の北朝鮮の出身だった。相当なカーマニアでもあったようで、このベンツは金主席の生誕50年を祝って贈ったものだと説明を受けた。力道山は今でも北朝鮮で民族的英雄と尊敬されているという。

北朝鮮訪問には特別の思いがあった。

5万の大観衆が金日成競技場に観戦のために集まる

試合終了後、日体大女子チームが競技場を一周すると万雷の拍手

日体大の正門近くには、先の大戦で戦死した学生の慰霊碑がある。理事長に就任すると直ちに、施設内にある慰霊碑を正門から見えるところに移した。職員には、慰霊碑に毎日供花を欠かさないように指示している。

表に「魂」と書かれた慰霊碑は、先の大戦で学徒動員して戦死した学生を鎮魂する目的に1958（昭和33）年に建立されたもので、毎年8月6日には慰霊祭を開催している。

戦前の日体大は宮内庁や衆議院、東京都から資金提供があり、「半官半民大学」のような学校だった。海洋体育科と航空体育科があり、海洋体育科の学生は海軍で軍艦に乗艦し、航空体育科は飛行士となった。特に飛行士は特攻隊として突撃した学生ばかりで、大規模な大学ではなかったのに約400人の戦死者を出したのだ。大学の新学部創設の項で述べたパイロット養成は、かつて操縦士を養成していたことが伏線にあった。われわれの時代は戦場ではなく平和のために生かそう、そういう思いで始めたわけだ。

そして、戦争に協力的だったことを反省し、平和の使者になるべきだ。それが訪朝の基底をなした。そのためには、言葉だけでなく、行動すべきだと考えている。政治問題を横に置き、学生と学生が交流する。このスポーツ交流は続けていかねばならないと決意している。

平和はいかに構築されるのか。祈るだけでは平和はやってこない。だれかが行動しなければならないと考える。オリンピックムーブメントの普及と定着も日体大のミッションの一つである。申すまでもなく、オリンピックは平和の活動である。日本が獲得したオリンピックでのメダルの約4分の1は日体大の現役学生やOBが得たものである。日本でオリンピック活動に最も熱心な大学が、ただ強い弱いという競技力だけに拘泥していい訳がない。

訪朝にあたって、なぜ大学の資金を使わなかったか。大学の財政の中には政府からの補助金が入っている。政府が行かないでほしいという国に行くのに、政府の金を使うことはできない。すべて寄付に頼る必要があった。今村裕常務理事も有力OBを説得してくれたり、多くの企業から寄付を集めたりの働きをしてくれた。いくら私や学長が高邁な識見を持って行動しようとも、求められるのは資金であった。訪朝と聞くだけで腰の引ける人も多く、協力者が限られていた。いずれこの訪朝は、歴史的な日体大のムーブメントとして評価される日が来ると信じている。口だけで行動しない日本人という評価があるが、日体大は行動第一主義をとり、独自路線を歩む。

張成沢氏と会談する

訪朝の1つの大きな仕事は、張成沢（チャンソンテク）国防委員会副委員長との会談だった。張氏がサッカーやバスケットの試合を見に来てくれたのはサプライズだった。会談の際には「訪朝を全面的に歓迎する」と言ってくれた。「こんな難しい状況の中、よく来てくれました」、「スポーツ交流は大事なので、このような機会を続けてほしい」とも言ってくれた。当時は日本から北朝鮮への渡航が禁止されていたときだ。大変に丁寧な謝辞だった。

張氏は「見たいところがあれば、どんどん注文してほしい」とも言ってくれたので、大体の施設を見学することができた。張氏は当時、まさに実力者だったのだと思った。

張氏は「次の日本の総理が誰になりそうか」とも問うた。私は「安倍晋三さんだろう」と答えたら、非常に渋い顔をしていた。安倍さんでは日朝関係は上手くいかないということだったのだろう。

そして、会談の真の目的を実践した。2020年東京オリンピック誘致に向けて東京に投票するよう依頼したのだ。実は日本オリンピック委員会（JOC）から、招致活動を依頼されていたのだ。張氏に「何としてでも東京オリンピックを招致し、協力してほしい」とお願いした。

「張雄（チャンウン）に伝える」と答えてくれた。

張雄氏は国際オリンピック委員会（IOC）委員だったので投票権を持っていた。彼は東京開催が決まる直前に森喜朗元首相にこう言ったそうだ。「東京が勝った」と。さらに「アフリカの2人を連れて東京に3票入った」とまで言ってくれた。張雄氏の話によると、中国や韓国からはトルコのイスタンブールを支持するよう再三求められたという。中国や韓国は決して2度目の東京オリンピック開催に乗るはずがない。北朝鮮もアジアの一員だ。しかも日本との関係は決して良好ではない。しかし、中国や韓国の要請を振り切ってまで、張成沢氏の指示の下、東京を支持してくれたのだ。日本はこういう事実を忘れてはいけない。政

2013年11月6日、平壌で北朝鮮の張成沢国防委員会副委員長と会談。張氏は翌月、処刑された

府が訪朝を「黙止」してくれたのは、そのことへの期待もあったはずだ。ちなみに日体大は、クウェートのシェイク・モハメド皇太子から中東のIOC委員8票をお願いしていた。

2013(平成25)年11月に再訪朝し、張氏と再び会談した。再訪朝のときにはアントニオ猪木参院議員が平壌空港に出迎えてくれた。猪木氏は先に北朝鮮に乗り込み、平壌空港でわれわれを出迎えたわけだ。猪木氏のこのときの訪朝の目的は知らない。猪木氏は、NPO法人「スポーツ平和交流協会」の理事長を務めていて、平壌に交流協会の事務所を開設するなどして北朝鮮との関わりを深めていた。メディアは猪木氏が張成沢副委員長と会談したような書き方をしていたが、猪木氏はあくまで同席していただけで、張成沢氏は日体大と朝鮮体育大の試合を観戦するために会場に来られた。その際、私と猪木氏が応対したのである。

ちなみに、猪木氏は同年夏の参院選に立候補する際、初めは自民党から出ようとした。だが、自民党は受け入れなかった。私は猪木氏に、かつてスポーツ平和党をつくったように「一人で政党を立ち上げたらどうか」と言ったのだが、彼は「一人ではできない」と。結局、日本維新の会の衆院議員だった甥の健太を介して日本維新の会から出た。

それにしても、猪木氏の訪朝への思いの強さは特筆すべきものがある。プロレスの世界へスカウトしてくれた力道山への思い入れもあるのだろう。たとえ細くとも、猪木氏が北朝鮮とのパイプを持ち続けている現実に敬意を表しなければならない。ただ、日本政府内で猪木氏は信頼されていない。国交が回復したら北朝鮮でビジネスをやろうと考えているのかもしれないが、今の状況ではどうか。

また、猪木氏は2019（平成31）年2月、国民民主党の会派に入った。会派入りのときの記者会見に同席していた自由党の小沢一郎代表は、猪木氏が北朝鮮に行くなら私もご一緒したいと発言した。小沢さんは自民党幹事長のときに訪朝の経験があるが、いまは一野党議員にすぎない（猪木氏は2019＝令和元＝年7月に議員を引退）。そのような人の発言を北朝鮮がどれだけ受け入れるのだろうか。拉致された人を帰国させることができるのか。かつての大指導者が猪木氏と同じレベルになったことは、あまりにも気の毒だ。ともあれ、私たちも猪木氏にお世話になった。日本人・アントニオ猪木氏の北朝鮮での知名度の高さは追随を許さないくらい凄い。

2回目に会ったときの張成沢氏は大変物静かな人だなという印象だった。そのときはすでに身辺の危機を感じていたのではないか。異常なほど冷静で、柔和な表情が印象的だった。結局、私は張氏と会った最後の日本人になった。まさか翌月に処刑されるとは思わなかった。

2018（平成30）年10月、4度目の訪朝をした。日本体大の男女サッカー部を率いての訪朝だった。今回は金日国体育相らと面会した。「北朝鮮は東京オリンピックに参加するのか」と聞くと、「参加する」と。それで、北朝鮮が東京オリンピックに参加するなら日体大の練習場を提供する用意があると伝えた。日本各地が各国の練習場の誘致に必死だが、北朝鮮を誘致するところはない。ならば、日体大が面倒を見ようじゃないか、と。金氏は納得してくれた。

その金氏は11月下旬に開催された東京オリンピック関連の行事に出席するため来日した。「立ち寄る」形で日体大にも来てくれる予定にしていたところ、日本政府の許可が出ず、代わりに私が金氏が宿泊していたホテルに出向き30分ほど会ってきた。彼は食事を誘ってくれたが、それはお断りした。あくまで、事務的な話ということで終わらせた。

先日、公益財団法人「東京オリンピック・パラリンピック競技大会組織委員会」から、難民選手団と北朝鮮の選手団を面倒見てほしいと依頼が来た。日体大はアフガニスタンとともに北朝鮮を受け入れることにした。日本の自治体も、いろいろな国のホストタウンになると言っているが、受け入れるのはどこも名の通った国ばかり。例えば、横浜市は慶応大と一緒に英国だ。しかし、まだ80余の国のホストタウンが決まっていないという。

北朝鮮の現状はいろいろなメディアを通じて見てきたし、知ってはいた。一部の階級だけが

裵光幸氏の朝鮮刺繍のコレクション。日体大に6点もの大作を寄贈された

富み、多くの人民が飢えで苦しんでいること。指導者の意に反することになれば粛清されること。そして、日本人拉致被害者がいること。これまでの訪朝では、北朝鮮の真の姿を見てこなかったと言われればそうだろう。ただ、ささやかな交流がこれらの問題を解決するプロローグになることを期待してやまない。

日体大には戦前から朝鮮半島の留学生が多く、現在でも男女を問わず多くの在日の子弟が在籍している。朝鮮大学校（東京都小平市）は体育学部を持ち、以前より日体大と交流していた。訪朝を機に、朝鮮大のOB会は特にスポーツ交流を喜んでくれ、サッカーやラグビーの交流戦には多数参加してくれている。

日体大が美術品をコレクションしていると耳にされた朝鮮大同窓会の副会長であった裵光幸（ペグアンヘン）氏は、交流記念として朝鮮刺繍の大作6点を寄贈してくださった。過日、日本財団の笹川陽平会長にその刺繍作品を観ていただいた。「すごい文化があるのに交流できないのは残念の一言に尽きるね」――。裵氏から寄贈された作品は、日体大の会議室に掲げさせていただいている。なお、日体大は在日の方々から一銭の資金提供も受けていないことを銘記しておきたい。

ただ在日の方々は、孤立することなく日本人への偏見を持つことなく、日本社会で生活を営々としていただければありがたい。そのために日体大の行動は、ある意味では勇気を与えているかもしれない。結婚、帰化等により日本国籍を取得する在日の方々が増加しているが、これは自然現象であろう。古代より朝鮮半島の人々が日本列島に住み、同化、順化してきた歴史と同じだと考える。

2000(平成12)年7月、第148回国会で自由、公明両党が永住外国人の方々に地方参政権を付与する「地方参政権付与法案」を国会に提出した。法案は衆院解散で一度は廃案になったが、同年7月に公明、保守両党が再提出した。このとき、少数政党だった保守党の提案者の一人として、公明党の冬柴鉄三幹事長と2人で答弁したことを想起する。このおり、朝鮮総連(在日本朝鮮人総聯合会)は参政権を望まず、韓国系の民団(在日本大韓民国民団)の人たちが熱心であった。

これに対し自民党は、憲法15条が「公務員の選定・罷免は国民固有の権利」と規定していることを根拠に参政権は日本国民の権利だとして外国人参政権に反対の方向へ一気に流れた。帰化を容易にできるようになったり、名字の使用を認めるようにしたりするなどして、法案は結局、日の目を見ることはなかった。

私は、日体大を卒業後、帝京高校の教員をしたことがある。隣の高校は東京朝鮮中高級学校。帝京生と仲が悪く、東十条の駅で高校の教員が立って監視する必要があった。教員間の関係は良く、ソフトボールの交流試合などをして、私もその輪の中にいた。朝鮮中高級学校は学校として認められておらず、当初は定期券を買えない扱いを受けていた。美濃部亮吉氏が東京都知事に当選すると各種学校として認可され、やっと定期券が買えるよう

北朝鮮金日国体育相と再会。裵光幸氏が通訳 ＝ 2018（平成30）年12月、高輪プリンスホテルにて

になった頃だ。私は、差別や偏見は許し難い性格だった。生まれ育った地や学校には在日朝鮮人も多くいたし、被差別部落の人たちも多かった。そんな環境下では差別や偏見は許されず、みんな仲良く遊び、学ぶことに尽きた。

私の北朝鮮との交流の考えは、幼少時からの生活環境下で涵養（かんよう）されたものでもある。北朝鮮との交流は難しい状況であるが、スポーツ交流だけは別だと私は考えている。平和の祭典であるオリンピックを開催しようとしている日本は、あらゆる国とのスポーツ交流を認めるべきである。政治問題は横に置いて、交流を深め、相互理解することこそが求められる。平和は祈るだけでは手中にできない。可能な限り行動することが必要だと考えている。

がんとの戦いが続く

4度目の訪朝中にショッキングなことが起きた。宿泊していた高麗ホテルの部屋の洗面所で頭を洗っている最中、私のトレードマークであるちょんまげが抜けて、そのままずるっとほとんどの髪の毛が洗面台に落ちた。

2018（平成30）年はがんとの格闘になった。前立腺がんに悪性リンパ腫、そして膵臓がん。転移ではなく、ほぼ同時期に相次いで見つかったのだ。

前立腺がんが分かったのは3月ごろ。尿の出が悪くなり、夜尿も気になりだした。老化しただけなのかと心配になって診てもらったら、レントゲン検査で前立腺が肥大してがんがあるのが発見された。2人に1人は、間違いなくがん患者になるといわれているが、まさか自分もがん患者になるとは驚くしかなかった。これは、ホルモン治療で対処できるということだったのでホッとした。

しかし、それはつかの間のことだった。6月、再びレントゲン検査を受けた結果、骨盤のリンパ腺が腫れていることが分かった。悪性リンパ腫だ。そこでR―CHOP（アールチョップ）という抗がん剤治療を始めることになった。東邦大大森病院の長瀬大輔医師にお世話になった。

10月の訪朝を控え、入院して治療を受け、CT検査やMRIの検査を受けている過程で、膵臓もおかしいと判断された。全身麻酔、管を胃に入れ、その胃を破って膵臓の一部組織を取り、病理で検査。「膵臓がんです」と告げられた時には、さすがの私もうろたえるしかなかった。「前立腺がんも悪性リンパ腫も膵臓がんに比べれば心配ありませんが、膵臓がんは命取りになりますので手術をしましょう」と医師は勧めた。私は即座に「手術して下さい」と答えた。仲の良かった名横綱・千代の富士、後の九重親方は膵臓がんで亡くなった。症状が出てからの治療は難しく、「隠れた臓器」と表現される膵臓、そのがんは10人に1人しか手術のできないがんだという。

ノーベル医学生理学賞を受賞した本庶佑京都大特別教授が開発した医薬品「オプジーボ」は、3割のがん患者を救ってくれるらしいが、私の場合は「ダメです」と一蹴された。

ちょんまげが抜けたのは膵臓がんの前に見つかったリンパ腫の抗がん剤治療によるものだったが、訪朝する時にあったちょんまげが帰国したらなくなっているから、誰もが「どうしたんだろう」と思うものだ。東邦大大森病院に入院して手術することが決まっていたので、この際に膵臓がんだと公表した。

手術は11月初旬に土屋勝医師の執刀で行われ、膵頭と十二指腸の一部を切除することに。膵臓は胃の裏にあるからといって背中から部位を切除することもできない。恐らく、腹部を切って胃や腸を一度取り出してから膵頭を切除したのだろう。手術は9時間かかったが、麻酔のおかげで痛みはなかった。土屋医師の執刀が良く、手術から3週間で退院できた。それも、一度も痛さを感じずにである。看護師の皆さんも親切でありがたかった。

膵臓がんは最初、「ステージ1」の見立てであったが、手術後の病理検査で「ステージ2」と言われた。それでも、早期に発見できてよかった。手術のできた私はがんとはいえラッキーだった、とがん知識の豊かな知人はおっしゃった。膵臓がんは発見が容易でないらしい。日進月歩の医療界にあって、早期発見であればがんも恐れる病気でなくなっている。

医師との信頼関係も大切だ。元々、運命論者である私は、何のためらいもなく、膵臓がんを宣告してくださった土屋医師を信頼して手術をお願いした。医師の自信と実力を読み取るカンがあるのだ、と自負している。

大手術を受けた翌日から、土屋医師は歩行を勧められた。大きくメスが入り、しかも腹から5本もパイプが出ているのに歩けと言う。ありがたいことに、何の痛さも感じず、忠実に運動した。土屋医師はまた、土、日曜に関係なく毎日、何度も病室に顔を出してくださった。腹の管を1本1本抜かれるのを楽しみにしつつ、土屋医師の「順調に回復しています」との声に私

膵臓がん手術の退院直後となる2018（平成30年）12月、大相撲九州場所で十両優勝した友風関（著者の右隣）らの表敬訪問を受ける＝東京・深沢にて

は安堵の胸をなで下ろした。土屋医師には、ひたすら感謝するしかない。

私の身内に医師も多くいるが、同居していた家内の両親も医師だった。医学界の話を毎日のように耳にしたが、私にすれば遠い世界の話ではなくなっていた。東邦大病院の皆さんには感謝するしかない。私の運命を救ってくれたのだから。

インターネットや新聞で私のがん公表が報じられたため、全国から多くの見舞客が来た。教え子たちも心配してくれた。特に、専大時代のレスリング部OBである藤井徳昭君は、面倒くさい私の願いを聞いてくれた。教え子というのは、こんなに協力してくれるなんて考えもしていなかっただけに嬉しかった。藤井君の呼びかけで各地から栄養のある食品が届けられ、私の回復を祈ってくれた。どれだけ勇気づけられたことか、私の心の支えとなったのは申すまでもない。

自民党の二階俊博幹事長は、地元の和歌山県から病室が花畑になるくらい何箱もの花を贈ってくださった。藤井君がどうすれば花をうまく生かせるかを考えてくれた。花畑の病室に毎日いると、非日常の中で暮らしているためか、病人であることを忘れさせてくれた。ともかく、多くの見舞客が連日来室した。私は人間好きだから、疲れることよりも元気をいただいた。

日本大のレスリング仲間も心配してくださり、勇気づけてくれた。杉山三郎、白石俊次、小谷田謙一、大山公知――この仲間は暇を見つけては顔を出してくれた。青春時代の多感な折、厳しい練習を共に修行であるかのように取り組んだ面々だ。心配してくれる仲間が多くいることを幸せに思った。

髪の毛はそう簡単には生えてこない。何も付けないのは、さすがに頭が寒い、だけど帽子をかぶると蒸れる、ということで、医療用カツラをつけることにした。カツラをかぶると「若返った」と言ってくれる人がいたのはうれしいことだ。息子と間違われることは、さすがになかったけれど。

入院し、体力低下をひしひしと感じるようになると、さすがの私も弱気な人間へと変化していく。いつもニコニコ顔の土屋医師の回診に接すると、元気をいただき、安心するのだが、一人になると弱気になってしまう。親切でユーモアのある看護師さんにも恵まれたが、人間は病気になると弱くなることを実感した。

父は68歳で大腸がんで鬼籍に入った。次兄は胃がんで手術を受けた。松浪一族にはがんになりやすい血脈があるだけに、私もがんと戦う宿命にあったのだろう、今後も気をつける必要がある。

二階俊博先生との関係

膵臓がんの手術直後はしばらく、出張や夜の会合を控えていた。しかし、大学にいるときはできるだけ多くの人の面会を受けることにした。休んでいると、健康不安説を流されかねないからだ。実際に、私の「体調不安」を聞きつけて、次の理事長を狙う人が出てきた。また、あちらこちらで勝手に人事をする同窓がいたのだ。人の不幸は蜜の味なのか、暗躍する人が出てくる。私はすべての会議に出席し、元気であることをアピールし、教職員を安心させるよう努めた。

2019（平成31）年2月のある日、久しぶりに自民党本部へ行き、二階俊博幹事長とお会いした。幹事長室へ行くまで、多くの国会議員と出くわしたが、誰一人として「松浪健四郎」に気付いてくれず、幹事長室にたむろしていた副幹事長の誰も私に気付かなかった。議員でもない人間が、幹事長室で大きな顔をしているのだから不思議に思ってもいいようなものだ。それでも、もし幹事長の大切な客であったりするなら、おいそれと声をかけることはしないということだったのだろう。私も長い間、副幹事長を務めたからこの特殊な部屋の習慣について熟知している。

そこへ、林幹雄幹事長代理が入ってきた。そして、私と親密に話をする。待機中の国会議員の皆さんは、私であるとやっと認識してくれた。30数年も髪を後ろで束ね、ちょんまげをトレードマークとしてきた私の頭が医療用カツラに変化したので、「松浪健四郎」と気付かなかったということだ。ちょんまげがないことで全くの無名人になったのは、若干の寂しさを感じるが、気楽さもいいものだとも思った。

二階さんへの用件は、学長、大学幹部と相談したうえで3月の日体大卒業式への出席のお願いだった。当初は桜田義孝五輪相に学長と相談してお願いしていた。日体大は多くのオリンピック選手を輩出する代表校。五輪相に来ていただいて卒業式を盛り上げてほしい。ところが、桜田さんは閣議と重なるということでNGになった。二階さんの秘書に「幹事長の都合はどうだ」と聞いたら、確認してもらったところOKだということで大学幹部と連絡をとって二階さんに決まった。そこで祝辞で何をお話しいただくか、4項目を挙げた紙を持って、二階さんに面会したのだ。

そのときに二階さんが「入学式はどうなっているんだ」と言うので「誰も呼んでおりません」と返事した。「小池百合子（東京都）知事はどうか」と。学長はじめ関係者に伝えると

「それはいいですね」と同席していた今村常務理事も言い、大学に連絡した後に、小池さんの携帯に電話してみた。このときは留守電のコールが回った。

小池さんとは、彼女が保守新党に参加しなかったときから疎遠になり、以前、日体大で2016（平成28）年リオデジャネイロオリンピックの壮行会に小池さんを招待しようとしたときは、選挙の応援になるかもと思って電話したが、一度も通じなかった。あれほど行動を共にしてきたのに「冷たいな」と思った。またその頃は電話しても留守電にさえならなかった。それ以来、連絡を取っていなかった。

1時間後、小池さんから返しの電話が来た。入学式への出席をお願いしたら「行きます」。その後に二階さんに電話して顚末を連絡したら「良かったな」と喜んでくださった。

小池さんは二階さんと関係を密にしていて、私とも良好な昔日の姿に戻りつつある。しかも、私の健康についても心配していただいた。

ある日のこと、ある公明党の東京都議に会ったら、小池さんは公明党議員の集会にマメに顔を出しているという。だから、公明党の議員はおしなべて小池支持だそうな。小池さんが立派なのはそればかりではない。伊豆諸島や小笠原といった離島にも行っている。彼女のすごさは、知事になっても選挙を意識した活動をしているということだ。衆院の選挙区議員なみの活動だ。

二階俊博自民党幹事長の日体大名誉博士授与式
＝2018（平成30）年4月

そういう小池さんの活動ぶりを二階さんは評価しているのだと思う。嗅覚が鋭いと言えばそれまでかもしれないが。二階さんが小池さんの都知事再選を支持する発言をしたら自民党都連は反発したが、自民党の側にそれだけのタフな人物がいるのだろうか。二階さんは、小池知事はまだ強いと判断されたのだ。

結局、小池さんは入学式に出席できなかった。重要な公務が重なったためだ。

卒業式に来られた二階さんはその日の晩、電話をくださった。「卒業式には感動した。松浪さんを（理事長にして）大学に留めておいて本当によかった。このような卒業式に尽力された方々を慰労したい」と。また二階さんは、4月24～29日の日程で訪中するので、そのことを念頭に「2022年冬季オリンピックが北京で開催されるので、何かスポーツでできることを考えてほしい」と。

二階さんはいろいろと仕事を作ってくれる人である。しかし、それが人脈づくりにつながることが多く、その後の人生で大いに役立っている。それでいて、目下の人間にも呼び捨てにしない。また「来る者拒まず、去る者追わず」である。小池さんには、保守新党に参加しなかったことをはじめ、いくつかの煮え湯を飲まされてきたにもかかわらず、努力するところをしっかり評価する。そこも二階流といえるだろう。私たちには真似のできないワザである。ともかく二階さんは、その人の優れた面を評価し、欠点には目をつぶり、悪口を絶対に口にしない人だ。

2018（平成30）年12月、二階氏御令室の令子さんががんのため逝去され、翌年2月にお別れの会が開催された。和歌山県御坊市という小さなまちに5千人の参列者が来たので、大変な騒動になったのは言うまでもない。

会場では、VIP席に座っていた議長経験者らとは別に、他の最前列では1番に菅義偉官房長官、2番に元沖縄北方担当相の江崎鐵磨さん、3番に元国家公安委員長の泉信也さん、4番目に私が座った。多くの参会者が献花したお別れの会が終わった後、江崎さん、泉さん、私のほか東京都荒川区長の西川太一郎さんや元衆院議員の佐々木洋平さん、それに林幹雄さんのそれぞれの夫妻と俳優の杉良太郎さん、二階さんとで、和歌山の名物たる魚であるクエの鍋で会食をした。西川さんと江崎さんの2人が大いに盛り上げてくれて、二階さんもひととき悲しみを忘れて楽しんでくださった。二階さんからすれば、このメンバーが昔からの大事な仲間という思いなんだなあと思った。

同僚議員だった皆さんは、私を国会に戻すべきだと選挙の度に話題にしたらしいが、二階さんは一貫して反対したという。毎年、二階さんは数回、外遊されるが、その際には必ず声をかけていただいて同行する。ゆっくりと会話したり、食事をしたりする時間をいただけるのは、議員時代と同じ。

70歳の折、旭日重光章をいただくことになった。二階さんに相談すると受章しろ、とのこと。後日、祝賀会を東京・内幸町の帝国ホテルで開催させていただいたが、二階さんが会の発起人になってくださったおかげで大パーティーとなった。私個人の最後のパーティーだと思っていたのに、膵臓がんの手術を終えて退院すると、今度は二階さんが「退院祝い」なるパーティーを東京・紀尾井町のホテルニューオータニで開催させてくださったのである。二階さんを囲む多くの方々が祝ってくれたのには感激した。「二階ファミリー」の一員として何の役にも立っていないが、昔からのメンバーとして大切にしていただいているのが嬉しい。

ただ、メンバーの選挙ともなると、私も全力投球する。先の山梨県知事選、後輩の長崎幸太郎元衆院議員の出馬に際し、私は陰ながら協力した。二階さんはだれがどれだけ協力しているかを把握している。新潟県知事選も花角英世知事の誕生に私は汗を流した。二階さんと長年にわたって行動を共にして、選挙の重要性を教えられた。人を応援すれば逆にまた己を応援してもらえる。二階派の人たちは「二階イズム」を学べばより人間的になれるであろう。

二階さんと行動を共にさせていただいたのは、二階さんの人間としての魅力に従ったまでだが、家族ぐるみでお世話になった。令子夫人の通夜と葬儀はごく少数の親族と知人で行われた。私たち夫婦にも連絡があり、参列させていただいたが、身内の1人として扱っていただけたのが嬉しかった。令子夫人とも私たちは幾度も海外へご一緒させていただく関係であった。

私は外務政務官や文部科学副大臣という要職に就いたのも、全て二階さんの強烈な推薦の賜物であった。私のやりたい仕事を二階さんはご理解され、私に活躍の場を与えてくださった大恩人である。

2019（令和元）年5月10日、「大学無償化法」が成立した。制度としては良い面もあるにせよ、加えて私は高齢化時代に対応するには医師不足が問題で、国公立の医学部と私立の医学部では同じ医師養成でありながら私立の医学生の負担が大きすぎる――と二階さんに申し上げた。また、大学院生の奨学金をはじめ、補助を拡大しないと進学者が減少し、科学立国・日本が危ういとも申し上げた。

するると二階さんは、私に「君から文部科学事務次官に陳情し、次官に幹事長室に説明、報告に来るように伝えてくれ」とのことだった。私はすぐに藤原誠事務次官に連絡を取り、医学部と大学院の問題について述べさせていただいた。医師養成は今後の日本にとって極めて大切であるにつけ、私立大の学生負担はあまりにも大きすぎる。幾度も入院し、医師と接する中で、私は私立大医学部の応援団にならなければと思った。二階さんは期待に応えてくださるに違いない。ちなみに、二階さんの母親は医師だったのである。

趣味は「サボテン栽培」だけではない

２０１９（平成31）年の新学期、４月１日に大学の教職員を集めて訓示をした。その日から１つの決心をした。医療用カツラを外したのだ。ちょんまげを結うほどではないが髪の毛が伸びてきたので、わざわざカツラをしなくてもよくなったかなと思ったことと、桜も咲いたことだしと心機一転の気持ちでやってしまった。ところが、２日と３日はコートなしでは寒い日になった。頭がスースーしたのだろう、４日に39度の熱が出た。７、８日は浜松、網走、柏、荏原の日体大付属学校の入学式に出たが、微熱が続き、慌てて東邦大大森病院の土屋勝医師に早朝メールで連絡したら、徹底的に検査しましょうということで入院した。過労だと判明した。自らの年齢を顧みず、無理を重ね仕事に熱中することは許されなくなっていると教えられた。健康指数を考えマイペースが必要なのであろう。

徹底的に検査していただいて嬉しいことがあった。悪性リンパ腫の主治医である長瀬大輔医師からリンパ腫が消失したと伝えられたのだ。しかし、安心はできない。治療は続けるという。医師と薬の世話にならねば生きてゆけなくなったのは残念だが、まだまだ私にはやらねばならない仕事がある。がんとの戦いに負けないよう頑張りたい。

髪の毛はその後も伸びている。ちょんまげを結うには2年もかかるという。今の夢はちょんまげの復活である。

4月10日夜、桜田義孝五輪相から電話が来た。桜田さんは同日の夕方、岩手県出身の自民党衆院議員のパーティーで東日本大震災からの復興に関する発言をしたら、議員を持ち上げるつもりが被災者を傷つけてしまう発言になって問題になり、直ちに安倍晋三首相に辞表を提出した。電話はその直後の午後9時過ぎだった。開口一番「辞めました」と。

千葉県柏市にある日体大柏高校は桜田さんの地元である。桜田さんとは衆院初当選の同期であり、同氏の後援会からイスラム教についての講演を依頼されてから親交を深めていた。日体大理事長に就任したとき、桜田さんは落選中だった。校長や幹部と相談し、やがて高校のために協力していただくために入学式と卒業式に彼を招いた。以後、桜田さんは柏高の卒業式と入学式に来校され花を添えていただいた。膵臓がんで入院中のときにはこっそりと見舞いに来てくれた。失言が問題で辞職になったことは残念である。

それにしても、最近の政治家の質の問題が指摘されるが、本を読まず、自らを豊かにする趣味を持っていないところに問題があるのではないか。それが言葉にも出るのではないか。例えば短歌や俳句、盆栽などの日本の文化に根差したような趣味を持っている者がどれだけいるか。ゴルフとかテニスを趣味に挙げる人がいるが、私からすれば趣味ではなく健康活動でしかない。

私は文章を書くことが好きだが、趣味は「サボテン栽培」としている。理事長室の窓際を中心に多くの鉢植えのサボテンを栽培していて、サボテンに水をやるのは多忙中の癒しになっている。自宅には温室があり、温室に籠もってサボテンの手入れをすることもしばしばだ。

サボテン栽培は小学校のころから興味があった。自宅にあったからだ。私自身で温室を造って、そこでサボテンを育てていた。植物を育てるには水と肥料が大事だが、サボテンは5度以下のときには水をあげなくていい。根が腐るからだ。

1978（昭和53）年にアフガンから帰国して専大で教鞭を執るようになった1979（昭和54）年、旧逓信省の官僚で全日空社長だった大庭哲夫氏が死去した。大庭氏は川崎市の下作延に自宅があり、私の自宅と比較的近かった。息子さんは日本航空に勤務していた基臣さん。私が1974（昭和49）年アジア大会のためテヘランに滞在中のとき、テヘラン支店長だった。テヘラン滞在中は支店長の家でよく会食に招かれた。

基臣さんは焼き物が趣味でペルシャ陶芸のコレクターでもあった。川崎の自宅には父上が育てられた蘭や松、サツキ、柏の盆栽、それにサボテンがあり、御尊父が死去したので植物の引き取り手を探していた。サボテンだけは引き取り手がなく、「松浪君、引き取って」と言われて全部譲り受けた。国会議員になり自宅に戻れない日が続き、大庭さんのサボテンにも水やりがなかなかできず、数鉢を残してダメにしてしまった。

近年、サボテン愛好会のメンバーになり、月例会に出席させていただいている。多彩な顔ぶれで楽しいひとときを過ごす。サボテンは高価でないため、趣味としては安くつく。ただ、1万5000種ある上に多肉種も入れると3万種、全てを集めるのは物理的に困難が伴う。私は種類を集めることではなく、珍品種のつまみ食いコレクターである。一言で言えば、三流の栽培家だと思う。

近年、盆栽に興味がある。盆栽が芸術だと感じ入るからだ。たまたまソテツを日体大の新築校舎に植えるべく、徳之島同窓会に寄付していただいた。その際、ソテツの盆栽があることを知った。以来、ソテツの盆栽を手に入れ、趣味の一つになりつつある。すると、あちこちから贈ってくださる人が出てくる。山口県柳井市の永田公一氏は立派な作品を贈ってくださり、毎日楽しんで水をやり観賞している。

私の趣味はさらに増えている。ランチュウを飼い、現在は幾種類ものメダカを飼育中である。毎日、人を相手にする仕事ゆえか、生物に接していると心が和む。

大学の庭にチューリップを植えたり植木を観たりするのも好きである。美術品の鑑賞も好きで、毎月上野の森に行く。骨董品の収集も好きで、地方に行った際には古道具屋さんに入る。

これと決めたコレクションはないが、変わった物が好きである。アフガンに住んでいたとき、骨董屋街に行くと珍しい発掘品を見ることができた。そんなロマンを求めて今も古道具屋に行くのが好きだ。

大学院生時代は毎日のように神田の古本屋に通った。多くの本を購入して研究、論文を書いたが、本のコレクションは今も同じ。本屋に入る趣味も続いている。研究者というのは、子供の頃から何かを収集する癖を持っていた人が多い。私も例に漏れず、何でも集めるのが好きであるが、統一性がない。

豊かな心を育むには、多彩な趣味がいいと思っている。

趣味というにはいかがなものかもしれないが、近年は土、日曜の時間を見つけては日体大生の試合を観戦するようにしている。行くときはたいてい一人だ。ともかく、じっとしておれない性格で、何かしていないと気がすまないのである。自宅の庭の植木の手入れもしていたが、近年、危険を感じるため植木屋さんにお願いするようになった。松の手入れは難しく、すっかりおかしな形になってしまったが、愛着があるので大切にしている。

陶器の収集や浮世絵の収集も熱心に行ったこともあるが、あまりにも高価になったので手が出なくなってしまった。浮世絵は相撲画だけで江戸時代の化粧まわしのデザインを楽しむ。相撲画だけは浮世絵の中でも安価なので、今のうちに収集しておかねばならない。

犬好きでもある。ずっと犬を飼っていたが、さすがに私が高齢になったために、2年前にビーグル犬を亡くして以降、飼うことを断念した。

動物好き、植物好き、私の趣味は自分でも語れないほど多岐にわたる。しかし、専門的なものは一つもなく、すべて素人そのものである。下手の横好きよろしく、私は何でも手を染めるタイプだ。

昔の政治家はたいてい書道に取り組んだ。海部俊樹元首相は私にも書をやりなさいと勧めてくれた。が、その才能のないことを知っていたので取り組まなかった。いま強く反省している。書道をなぜやらなかったのかと。

最後のご奉公に全力投球

母校の理事長は人生最後の奉公、という思いで務めている。〝永田町〟から転身した当時と比べて日体大の空気は確実に良くなったと思う。でも改革は道半ば。大学にとって重要な2020年東京オリンピック・パラリンピックも控えている。元気な日体大を見せないといけない。

最近、スポーツ界ではさまざまな事件や問題が起きている。日本レスリング協会の副会長としては、2018（平成30）年に話題になった女子レスリングの伊調馨選手に対するパワーハラスメントがあったとされる問題は静観するしかなかった。前立腺がんの治療が必要な時期であったし、パワハラしたとされる監督、監督を告発したコーチはともに日体大出身だったこともあり、深く関われなかったのだ。伊調選手は日体大で練習している。「うちで練習したらどうだ」と勧めたのだ。学生も伊調選手に良い刺激をもらっている。ただ、伊調選手と協会との関係は、平成の時代ではまだ清算されなかった。彼女を生かす方向で動いてくれないものだろうかと気がかりである。彼女には前人未踏のオリンピック5連覇を達成してほしいし、そのための協力をレスリング関係者はせねばならないと考えている。

大相撲の世界では横綱、白鵬関の帰化がどうなるか。私にとって他人事ではなかったからだ。

白鵬は平成最後となった2019（平成31）年の大相撲春場所で優勝した。その優勝インタビュー中に、観客と三本締めをしたことが問題視され、日本相撲協会から譴責処分を受けた。2017（平成30）年九州場所でも優勝インタビュー中に万歳三唱を行い、このときも譴責処分。白鵬は「勉強不足」だったと反省したが、ほぼ同じ時期に国籍問題が表面化した。相撲協会は、外国出身力士が現役引退後、日本相撲協会に親方として残り、後進の指導に当たるためには日本国籍が必要だとしている。ただ強いというスポーツ性の技量よりも相撲の文化や伝統、習慣を重視しているからである。

横綱白鵬関と会食。埼玉県・川口市の「高句麗」で焼き肉 ＝2015（平成27）年5月3日

一部メディアは「白鵬には、大きな功績を残した横綱にのみ認められる『一代年寄』を〝モンゴル国籍のまま襲名〟という野望があったが、協会が頑として認めず、諦めて折れた格好」とする現役親方のコメントを紹介していた。「白鵬対相撲協会」の構図にしたいようだ。

実は、私は3年ほど前に白鵬から国籍問題で相談を受けていた。白鵬の父親、ジグジドゥ・ムンフバト氏は、メキシコオリンピックのレスリングで銀メダルを獲得した。モンゴルを代表する英雄なのである。その息子が日本の大相撲で前人未踏の42回目の優勝（春場所終了時点）を誇り、日本とモンゴルの両国で英雄へ上り詰めた。この英雄一家にとっての大問題は、日本が二重国籍を認めていないために白鵬がモンゴル国籍を捨てなければならないという一点だった。白鵬は愛国心が強く、母国の国

2013（平成25）年6月、日体大初の関取・元小結垣添関（現・雷親方）の断髪式でハサミを入れる。日体大には現在6人の関取がいる（2019＝令和元＝年7月現在）

籍を離脱する意味は、日本人が想像する以上に大きかったのである。

旧知の間柄である当時のフレルバータル駐日モンゴル大使に会い、白鵬の悩みについて相談した。モンゴルも二重国籍を認めていなかった。大使は「モンゴルを代表するスーパースターの問題だけに大使個人では対応できない、政府内部で検討することになる」と返答された。白鵬のモンゴル国籍離脱は苦渋の決断であったに違いない。

２０１９（平成31）年4月初旬、白鵬と電話する機会があった。話題は国技館に飾られている優勝額の日体大への寄付だった。このときにはモンゴル政府に国籍離脱の手続きを取っていたのであろう。日本への帰化と弟子の育成に意欲を示し、その準備に意識が向かっているかにみえる。白鵬には一日も早く立派な日本人親方になってほしいし、日本の相撲についてもっと勉強していただきたいと思う。

理事長の任期は２０２０（令和2）年6月までだが、定年に達していないので、理事長のまま東京オリンピック・パラリンピックを迎えることができる。その間にやりたいことをやっておきたい。

東京オリンピックで日体大からＯＢを含めて70人の選手を送り出し、金メダルを10個獲得することが目標だ。日本のスポーツ選手の活躍は国民に勇気を与えるし、スポーツ力は先進国かどうかのバロメーターにもなっている。日体大はリードする役目を担っている。

オリンピックとパラリンピックを成功させるため、必要であれば学生をボランティアに充てたい。競技に出ることも大切だが、世界最高水準の競技を身近で協力することも重要だから。

全米大学体育協会（NCAA）をモデルにした国内大学スポーツを統括する「大学スポーツ協会」（略称UNIVAS＝ユニバス）が2019（平成31）年3月、スポーツ庁が音頭を取って発足した。

日本の大学には全国高校体育連盟のような組織がなく、競技ごとに各団体

2016（平成28）年10月、バッハIOC会長（右から二人目）に日体大が名誉博士号を贈る。左端は竹田恒和JOC会長

が独自の活動をしていた。これが弊害になっているとは言わないが、学業との両立は後回しにされ、競技で活躍することが優先されているのが実態だ。また、練習や試合でケガをした選手の補償が不備であり、事故を予防するための大学間の情報の共有もなされていなかった。

馳浩文部科学相のときに準備委員会が立ち上がり、私は当初から委員になって、日本版NCAA構想の実現に向けてさまざまな意見を述べてきた。米国留学を経験し、NCAAの中でプレーしたアスリート体験が役立ったのだ。

ユニバスの場合も、加盟する各大学には、AD（アスレチック・デパートメント）という組織が置かれ、学内の各運動部の管理をする。選手の学業成績はどうなのか、選手の保険はどうなっているのか、ということに積極的に関与していく。

米国では、ADが大学を代表しているということで、ADが選手をスカウトする。選手に対して大学の授業料は免除する、しかし単位を取らないと試合には出さない。こうしたことはNCAAの仕事になる。日本の大学からすれば、当局が関与するのではなく、学生自身の自主性、自発性を尊重するということでやってきたので、ユニバスというのは厄介な組織と思うかもしれない。

安心してスポーツに打ち込める保険制度、エリートとして尊敬される文武両道の実践など、急にNCAAと肩を並べるのは無理だとしても、時間をかけて日本のオリジナリティーに富んだスポーツ組織にする必要があろう。人材づくりのためにスポーツの活用も大切であるが、米国と同様の大学スポーツは期待できないにしても、日本流大学スポーツの組織が求められる。ともあれ、ユニバスの発足に協力できたことは私にとって光栄であった。また、体育大学はユニバス発展の牽引役にならなければならないと考えていて、私は顧問に就任した。

ユニバスの発会式では、私が乾杯の音頭を取った。会場には遠藤利明元五輪相や馳浩元文部科学相らがいた。彼らを意識して挨拶した。「鈴木大地スポーツ庁長官に予算を獲らせるのは荷が重すぎる。ここにいる方たちが本当に協力してくれるのか注目したい」と。

発会式では元オリンピック競泳選手が講演した。米国ではスイマーが弁護士や医師になるが、日本ではそういうことはない。セカンドキャリアをどうするべきか、というような話をしたのだが、スポーツで生計を立てたいのなら普通の大学の文系学部に行かず体育学校に行けばよかったのだ。米国では文武両道を求められるが、日本の場合はまずは名の知れた大学に行くことが最優先。自身の大学後の進路なんて考えていない。日本の選手は自分のセカンドライフをどうするかに気づくのが遅いのではないかと思った。そこもユニバスに課された宿題になるだろう。

日体大にもう1つか2つの新学部を設置したい。

2018（平成30）年5月、東京・世田谷キャンパスで開いた日体大平昌オリンピック・パラリンピック報告会

「危機管理」は大学でもトレンドになっているが、他大学が扱う危機管理は領域が広すぎる。日本は確実に移民社会へ進行するので、日体大では治安、公安に対応できる人員の養成を考えている。テロ対策も視野に入れている。

2018（平成30）年秋の臨時国会では外国人労働者の受け入れをめぐる出入国管理法の改正が最大の焦点となった。人口が減れば経済力も国力も落ちる。外国人に働いてもらわないと日本は終わりだ。本来ならば野党こそ率先して大局的に議論しなければいけないのに、国会では重箱の隅をつつく話ばかりしていたのは残念だった。

少子高齢化社会に突入した現在、リハビリのための病院や施設が求められている。日体大は、すでに医療もフィールドだと語れるように、医療教育を行ってきた。看護学科やリハビリの学科を設置すれば日体大リハビリ総合病院の設置も視野に入ってくる。国民に役立つ大学として、独自の路線を模索するのは理事長の仕事でもある。

学問の府としても日体大の先生方が活躍してくれている。文科省の科学研究費（科研費）の獲得も体育・スポーツ科学分野では上位を占めている。獲得額も大きく、存在感を示してくれているのも嬉しい。ことある度、私は先生方を激励し、研究活動に熱心に取り組むように伝えている。研究環境の整備、研究費の支出、大学として研究者を支えるために積極的に協力していかねばならないと考えている。かつて己自身も研究者であったゆえ、研究者の心理を理解できる強みを生かしたいと思っている。体育大といえども研究力は大きな生命線であることを自覚して、より優秀な人材を求めたいと常に考える。

日体大は、実技教員を多数必要とするため、どうしても卒業生教員が多くなる。他大学卒業生の教員も必要であるし、風通しのよい大学にする必要もある。私も卒業生ではあるが、伝統を死守しながらも新鮮な感覚を導入する大学、魅力的な大学にするためさらに努力していきたいと考えている。

時代の先を読む大学経営をしてきたと思う。政治家を経験したからだろう。レスラーも政治家も中途半端に終わり、本来いいかげんな人間なのに、ガバナンス（統治）が身についたようだ。

また、理事長に就任して以来、私とコンビを組み、右腕として活躍してくれたのは今村裕常務理事である。この人は大学経営のプロ中のプロで、日体大改革の最前線に立って活躍してくれた。新学部設置や大学院研究科の設置等、文部科学省との交渉は全て今村常務が担当した。理事長に就任したときの谷釜了正学長は教授会をまとめてくださり、改革、挑戦はすべからく順調に進んだ。

２０１２（平成24）年まで日体大は、古い大学でありながら体育学部の一つだけの単科大であった。私は理事長に就任以来、女子短期大を廃して四年制の学部に改めたのを皮切りに、次々と毎年のように改組して新学部を設置した。すべて順調で計画通りに運び、日体大は大きくなった。スケールメリットが生まれ、選手強化にも役立つばかりか受験者数も増加した。

日体大はあと数年でさらに進化し、魅力的な大学にすべく研究を重ねる必要がある。一昨年誕生した具志堅幸司学長（１９８４＝昭和59＝年ロサンゼルスオリンピック体操金メダリスト）とも息を合わせて、理事長職を全うしたいものである。

あとがき

人の人生は小説より奇なり。この言葉がピッタリ私にも当てはまる。本書は書きたいこと、そのとき考えたこと等、ほぼ網羅した著作だと思う。さまざまな体験をした当時を回顧してみると、いかに私自身が未熟だったか反省させられる。紅顔の己を恥じるばかりである。

文章が飛び飛びになっている箇所も散見されたであろう。読み返すたび、加筆に加筆を重ねたからである。途中で思い出し、ついつい書き加える。するとバランスの悪い文章となってしまう。今堀守通記者のインタビュー原稿が下敷きになっていて、そこへ私がペンを入れたがため、表現にも一体性がないかもしれない。だが、事実をできるだけ忠実に記述しようとした結果、私の著作らしくなってもいると思う。

本書を刊行するにあたり、産経新聞社にまず御礼を申し上げる。そして幾度も私と付き合ってくれた今堀記者に感謝する。

本書は、一人のアスリートが競技者として成功できず、学究へと歩みつつ、教壇に立ちながら政界への転身を果たし、また教育界に戻るというストーリーである。そのプロセスの中で「平和」を強く意識せねばならない立場に立ち、ライフワークとして「平和」のために活動するというサイドストーリーも織り込まれている。「教え子」を戦場に送った教員として、その痛恨の心境も綴らせていただいた。

産経新聞社から『話の肖像画』の企画をいただかなければ、本書が生まれることはなかった。私の物語など掲載に値するのかと心配した。今堀記者の構成が、読者の興味を高めていただいた。重ねて感謝するしかあるまい。

刊行するにあたって、産経新聞出版の山下徹氏にも協力や助言をいただいたことに感謝する。

令和元年7月1日

松浪健四郎

著書一覧

「アフガニスタン褐色の日々」(講談社　1978年9月　のちに　中公文庫　1983年11月)
「シルクロードを駆ける」(玉川大学出版部　1978年11月)
「シルクロードの十字路」(玉川大学出版部　1979年10月)
「誰も書かなかったアフガニスタン～シルクロードの国の現実～」(サンケイ出版　1980年12月)
「僕は元祖シンデレラボーイ」(太陽企画出版　1984年11月)
「おもしろスポーツ史」(ポプラ社　1984年11月)
「身体観の研究～美しい身体と健康～」(共著　専修大学出版局　1981年3月)
「長州力・野獣宣言」(芙蓉書房出版　1986年10月)
「格闘技バイブル」(ベースボール・マガジン社　1988年1月)
「古代宗教とスポーツ文化」(ベースボール・マガジン社　1989年4月)
「新・格闘技バイブル」(ベースボール・マガジン社　1989年8月)
「逆玉宣言」(勁文社　1989年9月)
「最新レスリング教室」(ベースボール・マガジン社　1990年9月)

「体育とスポーツの国際協力」（ベースボール・マガジン社　１９９１年４月）
「古代インド・ペルシァのスポーツ文化」（共著　ベースボール・マガジン社　１９９１年６月）
「古代宗教とスポーツ文化」増補版　（ベースボール・マガジン社　１９９１年９月）
「ペアワーク―誰かとどこかでリラックス・トレーニング」（共著　ベースボール・マガジン社　１９９２年４月　後に改題　ＰＨＰ研究所　１９９５年）
「もっと『ワル』になれ」（ごま書房　１９９２年10月）
「『ワル』は女でデカくなる」（ごま書房　１９９２年12月）
「格闘技の文化史」（ベースボール・マガジン社　１９９３年３月）
「『ワル』の行動学」（ごま書房　１９９３年５月）
「男の結婚処方箋」（日本文芸社　１９９３年７月）
「ハンパに生きるな」（ごま書房　１９９３年10月）
「スポーツの伝播・普及」（共著　創文企画　１９９３年11月）
「松浪健四郎のプロレス人類学」（ＰＨＰ研究所　１９９３年11月）
「本と私」（三省堂　１９９４年４月）
「日本を変える２００人の直言」㊤（共著　産経新聞編　東洋堂企画出版社　１９９４年４月）
「受験は気合いだ」（ごま書房　１９９４年５月）

「冒険しなけりゃ『ワル』じゃない」（ごま書房　１９９４年11月）
「新入社員に贈る言葉」（共著　経団連出版編　日経連　１９９４年11月）
「スポーツ史講義」（共著　大修館書店　１９９５年3月）
「シンポジウム　盆地の宇宙・歴史の道」（共著　善本社　１９９５年5月）
「松浪（ちょんまげ）先生　アフガンの秘境を行く」（大日本図書　１９９５年5月）
「キーワードで探る21世紀」（共著　三省堂　１９９５年6月）
「身体観の研究」新版　（共著　専修大学出版局　１９９５年7月）
「スポーツフィールドノート」（大修館書店　１９９５年8月）
「元気もりもり解体新書」（三省堂　１９９５年11月）
「デキの悪い子が大成する」（ディ・エス・シー　１９９６年2月）
「裸一貫勝負しろ！」（チクマ秀版社　１９９６年3月）
「集中力の教科書」（ＫＫベストセラーズ　１９９６年11月）
「松浪健四郎先生のワルの法則」（ごま書房　１９９７年2月）
「アフガン褐色の日々」改版　（中央公論新社　２００１年5月）
「松浪健四郎アフガンを行く」（五月書房　２００１年12月）
「折々の人類学」（専修大学出版局　２００５年4月）

略歴

１９４６年　大阪府泉佐野市生まれ
１９６５年　府立佐野高卒。日本体育大体育学部武道学科入学
１９６７年　全日本学生レスリング選手権優勝
　　米州立東ミシガン大教育学部に留学
１９６９年　全米レスリング選手権優勝
１９７０年　日体大卒。日本大大学院修士課程入学
１９７１、７２年　全日本社会人レスリング選手権優勝
１９７５年　日大大学院博士課程単位取得
　　アフガニスタン国立カブール大に派遣
　　３年間、体育学とレスリングを指導し、研究に従事
１９７９年　専修大社会体育研究所専任講師
１９８２年　専大助教授
１９８８年　専大教授

1996年　衆院初当選。3期務める
2001年　外務政務官
2006年　文部科学副大臣
2011年　学校法人日本体育大学理事長
2016年　旭日重光章受賞
　　　　オーストリア・アルベルト・シュバイツァー協会章（国際交流・教育貢献功労章）

他に、体育科学博士、教育学修士、韓国・龍仁大名誉博士、日本体育大名誉博士、公益財団法人日本レスリング協会副会長、一般社団法人全国体育スポーツ系大学協議会会長、日本・アフガニスタン協会理事長、日本体育学会名誉会員、日本スポーツ協会（UNIVAS）顧問　等

装幀　渡辺信生
本文組版　星島正明

私の肖像画
いろいろありました

令和元年10月1日　第1刷発行

著　　者　松浪健四郎
発 行 者　皆川豪志
発行・発売　株式会社産経新聞出版
〒100-8077 東京都千代田区大手町1-7-2 産経新聞社8階
電話 03-3242-9930　FAX 03-3243-0573
印刷・製本　株式会社シナノ
電話 03-5911-3355

ISBN978-4-86306-148-4　C0095